Giovanni U. Cavallera

# IL VIAGGIO DI TRICÁS

*Un inedito bizantino dell'XI secolo*

**Il viaggio di Tricás**
© 2018 - Giovanni Ugo Cavallera

ISBN | 978-88-27841-36-5



Youcanprint Self-Publishing
Via Roma, 73 - 73039 Tricase (LE) - Italy
www.youcanprint.it
info@youcanprint.it
Facebook: facebook.com/youcanprint.it
Twitter: twitter.com/youcanprintit

*Questo volume è stato realizzato con il contributo di:*

**Tricase – Depressa di Tricase - Surano**

*Grafica di copertina:* Federico G. Cavallera

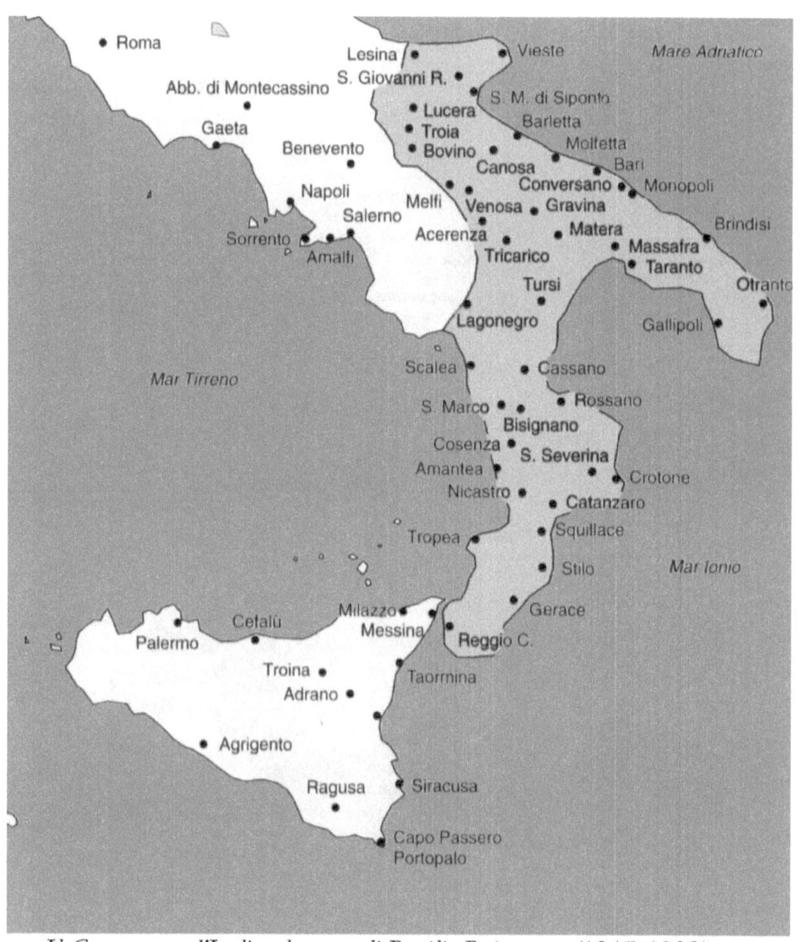


*Il Catepanato d'Italia al tempo di Basilio Boioannes (1017-1028)*

*“τὰ γὰρ ὀνόματα τοῖς πράγμασιν ἀρχὴν μὲν εἰκότα ἐς ἀεὶ γίνεται, ἡ δὲ φήμη αὐτὰ περιαγαγοῦσα ἐς ἄλλους ἀνθρώπους τινὸς δόξας οὐκ ὀρθὰς ἀγνοίᾳ τῶν ἀληθινῶν ἐνταῦθα ποιεῖται”*

*“i nomi hanno sempre alla loro origine la funzione di indicare determinate cose, poi i vocaboli, divulgandosi tra le altre genti acquistano significati inesatti per ignoranza della loro vera accezione”*

*La storia
di Demetrios, nobile fra i Romei,
che servì l'Impero di Basilio porfirogenito,
è questa che tu vedi, amico lettore. Scritta in greco, l'ho tradotta
nella lingua d'oggi. A comporre l'opera sono stato io,
Ioannis, magistros e didaskalos,
ultimo fra i grammatici.
Ho scritto su incarico di Alessandro,
gloria dei Domenicani in quella città che ha il suo
fondamento a Oriente. Mi ha ordinato di tradurlo per
salvarne la memoria fra i Latini.
Poiché umilia i malfattori
ed esalta infine
la gloria dei
Padri*

Il sole sorgeva dietro i monti dell'Epiro delineando lo scuro profilo della rocca di Dyrrachion [Durazzo] posta sul mare a guardia del porto. Dalle mura della fortezza i soldati di guardia godevano del privilegio di poter osservare lo spettacolo di una grande flotta imperiale alla fonda nella rada in quegli ultimi giorni dell'anno 1017. Molto più in basso, a bordo di uno dei *dromoni* di maggior tonnellaggio, il giovane *chartoularios* Demetrios scrutava melanconico l'orizzonte verso Occidente, tormentandosi la corta barba: pregava in silenzio: "Παρθένε σοι πολύαινε, ὃς ἤλπικε πάντα κατορθοῖ" [Vergine onorata, chi pone le sue speranze in Te, ha successo in ogni cosa].

Un ufficiale affacciato vicino a lui ne indovinò lo scoramento e gli si rivolse per fargli coraggio: «Hai paura del mare, contabile, o temi di morire in battaglia? Non aver timore, il viaggio sarà rapido e sicuramente tu non sentirai il fragore degli eserciti quando le lance si infrangeranno sugli scudi».

Ma non era certo l'approssimarsi della guerra ad incupire il *chartoularios*, e tantomeno la breve traversata che avrebbero affrontato di lì a breve. Troppo preso nei suoi pensieri per rispondere al suo interlocutore, non riusciva a fare altro se non pensare alla sua patria che temeva di non vedere mai più.

Discendeva da una famiglia di proprietari terrieri originaria della Tracia rovinata dalle guerre contro i Bulgari. I saccheggi dei territori balcanici dell'Impero li avevano privati di ogni possibilità di sostentamento. Suo padre si era così rifugiato nella capitale ed era riuscito, grazie alla sua conoscenza dei classici e all'aiuto di un parente ecclesiastico, ad inserirsi fra i funzionari patriarcali di Santa Sofia, ottenendo la carica di *kanstrisios*. Aveva potuto finalmente garantire ai familiari un discreto tenore di vita e consentire alla sua prole di accedere ad una istruzione di livello adeguato. E così Demetrios, assieme al fratello maggiore Michele, era stato introdotto allo studio della grammatica e della retorica, aveva imparato a scrivere nel più puro stile attico ed era diventato in grado di comprendere e apprezzare le grandi opere letterarie dell'antichità.

E ora doveva abbandonare tutto ciò! Non avrebbe più goduto della vita intellettuale e degli svaghi della capitale. Fuori delle mura di Costantinopoli non c'erano che barbarie, ignoranza e noia. Figurarsi nell'Occidente poi… Suo fratello maggiore era succeduto al padre nell'incarico amministrativo presso il Patriarcato, e lui era stato destinato a seguire un lungo percorso di studi per ottenere la carica di *chartoularios*, ovvero addetto al catasto. Ciò gli avrebbe garantito una vita tranquilla e la possibilità di poter aggiungere qualche libro alla biblioteca paterna. Non poteva immaginare che per lui si preparavano ben altri destini.

Non era neppure trascorsa una settimana dal conseguimento del titolo che aveva ricevuto un messaggio da parte dell'eparco di Costantinopoli, Romanos Argyros, il quale lo invitava a recarsi presso i suoi uffici vicino al Palazzo imperiale. Ricevere una convocazione da parte di quel potente funzionario era già sbalorditivo per Demetrios, ma quando sentì la voce calda e solenne dell'impassibile nobiluomo illustrargli con frasi ben tornite il prestigioso incarico a cui era destinato rimase senza fiato e dovette fare uno sforzo per non mostrarsi turbato di fronte ai presenti.

Invece di restare al servizio del λογοτεθὴς τοῦ γενικοῦ [*Logothetes tou genikoù*], il ministro delle finanze di Costantinopoli, e potersi fare una famiglia, come gli era stato prospettato, aveva ricevuto l'ordine di mettersi al servizio del nuovo πρωτοσπαθάριος κατεπάνω Ἰταλίας [*protospatharios* e catepano d'Italia] Basilio Boioannes in procinto di imbarcarsi per raggiungere i territori imperiali sull'altra sponda del Mar Adriatico. Non era un incarico che poteva essere rifiutato. Dopo aver convenientemente ringraziato l'eparco dell'"altissimo onore e della grande considerazione in cui era tenuto" (così aveva sentenziato il magnanimo Romanos), il povero giovane andò a sfogarsi con gli amici.

Da una elegante trifora del palazzo l'eparco seguì dall'alto i passi del funzionario mentre questi si allontanava verso casa. Sorrideva, mentre mormorava a denti stretti, per non farsi sentire da nessuno. «Un rampollo pieno di speranze. Bravo ragazzo, ma totalmente inesperto: metterà in difficoltà Boioannes con i suoi errori e lo farà finire in disgrazia presso l'imperatore. Avrebbero dovuto inviare me, nobile di alto lignaggio e non un oscuro soldato senza passato e senza studi, a conquistare l'Italia, ma se ne pentiranno, ne sono certo!».

Quanto l'ambizioso eparco si sbagliasse nel giudicare la levatura di Demetrios, di Boioannes e dell'imperatore lo avrebbero dimostrato i fatti.

«Cos'è questa faccia da funerale? Vai in Italia e ti lamenti? Ti sarebbe potuto andare molto peggio – lo aveva ripreso così un suo collega appena informato della nomina –, ad esempio finire a fare l'esattore in Armenia come il nostro amico Gregorio o nel bel mezzo di una valle fra i Triballi come potrebbe toccare a me, Iddio mi scampi». Il nostro giovane funzionario dovette fare buon viso a cattivo gioco e andare a comunicare la notizia ai suoi cari. Non avrebbe potuto sopportare vedere i suoi genitori accogliere la notizia della sua partenza con dolore e dispiacere, e fu molto sollevato nel vedere padre e madre reagire con realismo, senza fare scenate, anzi con una punta di orgoglio.

Teodota, sua madre, andò a comperare un robusto mantello da viaggio da un sarto che conosceva bene, l'anziano padre Niketas invece gli riempì la testa di consigli utili: «Sta' lontano dai banchetti: lì si fanno molte chiacchiere e pettegolezzi. So bene che se ti atterrai a questa regola si befferanno di te come di un asociale e di un taccagno, ma non te ne curare. Bada a volgere grandissima attenzione agli avvenimenti cittadini di modo che nulla ti sfugga: abbi spie su ogni cosa e per ogni dove; in tutte le associazioni professionali, di modo che, quando ti interessa qualcosa, tu possa saperla».

La sera prima della partenza preparò i bagagli poi, al mattino, si congedò dai familiari, promettendo loro una data non troppo lontana per il suo ritorno. «Sappiate che gli incarichi di catepano durano solo uno o due anni; con l'aiuto di Dio tornerò presto, non temete». E così lasciò la casa dove era nato, varcando la soglia del piccolo cortile porticato decorato con mattonelle smaltate.

Aveva fatto appena due passi sulla strada quando la madre lo richiamò per mettergli al collo un *phylakterion* [amuleto a ciondolo] con l'immagine della Vergine Maria, baciandolo in fronte e congedandolo così: «Figlio mio, non percepire nulla per aver fatto del bene a qualcuno, non fare accordi per ricavarne un utile, rifiuta tassativamente una simile possibilità. Se osserverai questo precetto, sarai lodato dagli uomini e riceverai da Dio cento volte tanto e inoltre, in situazioni pericolose, sarai salvato da pericoli mortali».

Le truppe lasciarono la Città dal lato di terra salutate dalle benedizioni della popolazione festante. Fra una calca di curiosi avevano percorso la *Mese* porticata [la strada principale di Costantinopoli], attraversato i Fori brulicanti di commerci e sfaccendati, osservato, con lo sguardo attento che vuol trattenere i dettagli, tipico di chi parte, le alte colonne, le statue imperiali, le cupole delle chiese ricoperte di tegole di bronzo dorato. Era il presentimento che quei frammenti di immagini e situazioni avrebbero potuto essere gli ultimi ricordi di un luogo amato e, come spesso avviene, tale consapevolezza rendeva più acuta la percezione delle minuzie di un mondo che fino al quel momento si riteneva di conoscere già a perfezione.

Il volto lontano della grande statua d'oro dell'imperatore Costantino, sulla colonna in mezzo al foro circolare, solitamente appariva sereno, divinamente ispirato, ma in quel giorno si mostrava accigliato, forse per un contrasto di luci. Era la suggestione per il peso della responsabilità di un incarico che lo investiva per la prima volta in vita sua? O invece l'imperatore soppesava con lo sguardo le capacità di chi avrebbe dovuto amministrare i suoi possedimenti? Demetrios pregò affinché quell'espressione corrucciata non si rivelasse in seguito un cattivo presagio. Varcate le triplici mura, il tragitto dell'armata aveva seguito il tracciato della via Egnatia, con una sosta di pochi giorni a Tessalonica per aggiungere altri reparti e poi procedendo per boschi e montagne, fiumi e laghi, città grandi e piccole: le zone dove era stata combattuta la lunga e vittoriosa guerra contro i Bulgari.

---

Boioannes era un uomo d'armi capace ed accorto, esigente come pochi nella disciplina militare, ma anche dotato di tatto e innata capacità di mediazione. Sempre concentrato e vigile, su ogni cosa aveva capacità di previsione e sintesi. Per questi motivi il *basileus* Basilio II lo aveva preferito a tanti illustri funzionari dai nomi altisonanti per mettere in ordine la provincia più prestigiosa dell'Impero. Difatti, il sovrano "non affidava questi singoli ruoli indifferentemente all'uno o all'altro, ma conoscendo e l'indole e la professionalità di ciascuno, e quale fosse il ruolo cui per carattere o per formazione meglio si adattava". E la missione affidata a Boioannes non delle più semplici. Un rinnegato notabile mezzo armeno della città di Bari, tale Melo, o Meles, aveva infatti ingaggiato alcuni mercenari provenienti chissà dove da Settentrione, chiamati Normanni, e, con l'aiuto di questi giganti dai capelli rossi, aveva sollevato tutta la *Longobardia* in rivolta, promettendo una tassazione meno pesante e altre regalie alla popolazione.

Non era la prima volta che ci provava: già 10 anni prima aveva sobillato la popolazione contro l'Impero, ma era stato sconfitto dal valente catepano Basilio Mesardonites. E adesso ritornava alla carica con maggior determinazione e nuovi alleati, ma ancora una volta aveva fatto male i suoi conti. L'Imperatore Basilio, carico di gloria e di successi, non poteva sopportare ulteriori agitazioni nel suo impero e aveva assegnato al catepano un'ingente somma di denari e una armata ben addestrata, composta da popoli provenienti da tutte i *themata* dell'Impero, soprattutto dai temutissimi guerrieri Varangi e da Russi, dai capelli biondi e rossicci, armati di asce a doppio taglio, istruiti per non fare prigionieri.

Mentre Demetrios indugiava a poppa della nave ammiraglia, osservando inquieto i marinai intenti a preparare le vele, sul molo avveniva l'imponente cerimonia della benedizione di tutte le bandiere dei dromoni, che formavano una ondeggiante fila multicolore che si inchinava e poi si rialzava al passaggio del sacerdote officiante.

Poi toccò al catepano arringare i soldati prima di imbarcarsi. Le sue parole erano decise e il tono sicuro: «Ha approfittato del fatto che eravamo impegnati contro i Bulgari e contro i Saraceni, quel barese attaccabrighe — commentava Boioannes — oltre che dell'incapacità e ambizione di Tornikios Kontoléôn che mi ha preceduto nell'alto incarico conferitomi. Sapeva infatti che avevamo avversari più grandi di lui a cui pensare. Ma adesso abbiamo finalmente annientato quei Bulgari cenciosi e umiliato gli Arabi in Siria e ora tocca ai rinnegati baresi! Il solo sentirli nominare mi infastidisce l'udito tanto sono barbari! "Nessuno di questi, né grande né piccolo, sarebbe in grado di opporsi a nessuno di tutti noi. Né infatti voglio che voi dimentichiate i trionfi recenti, per i quali ancora adesso siamo famosi; poiché in tutti gli aspetti, e nella forza del corpo e nel coraggio dell'animo e nell'apparato delle armi ci siamo distinti da costoro". Soldati! Voi combattete per l'Impero dei Romani caro a Cristo e portate avanti il nome vittorioso dell'Imperatore porfirogenito Basilio! A voi spetta esserne degni».

L'urlo di guerra dei soldati, forte e ritmato, a salutare il generale che si imbarcava sul suo dromone, ridestò

Demetrios dalla malinconia, instillandogli nell'animo un senso di forza e di determinazione.

Eppure il catepano appariva stanco e preoccupato mentre ammirava la flotta dispiegarsi ordinatamente per mettersi in assetto di navigazione. Sul cassero Demetrios gli era abbastanza vicino da coglierne la conversazione con l'illustre *patrikios* Abalanti: «Barbari, vecchi e nuovi, da Oriente e da Occidente, dai ghiacci e dal deserto; per uno che ne sconfiggiamo ne arrivano dieci. Vogliono terre, chiedono oro, odiano la nostra ricchezza, scimmiottano i nostri costumi, ci tirano il sangue. Non la finiranno finché non avranno consumato pure le ossa nei sepolcri dei nostri morti. Caro amico, voglia Iddio non farci assistere alla rovina dell'Impero per la nostra irresponsabilità, e donarci sempre sovrani come Basilio, che si è dedicato ai gravi problemi delle frontiere, risoluto a spazzar via i barbari circostanti, quanti premono sui nostri confini orientali e occidentali».

La flotta prese dunque il largo, verso Occidente. Gli snelli dromoni, i più grossi panfili e i *chelandia* da carico solcavano le acque del Canale d'Otranto, fredde e scure come quel mese di dicembre. Normalmente non si sarebbe navigato in quella stagione; la volontà imperiale aveva tuttavia prevalso sulla prudenza. L'imperatore Basilio, infatti, "non conduceva le campagne contro i barbari alla maniera dei più tra i sovrani, che escono a metà primavera e rientrano sul morir dell'estate: per lui a segnare l'ora del rientro era l'estinguersi stesso del fine per cui s'era mosso" e quando i suoi generali si lamentavano del suo modo di condurre guerra e delle fatiche che comportava era solito rispondere pacatamente che era preferibile non interrompere una campagna intrapresa, «Οὐκ ἂν ἄλλως παυσαίμεθα πολεμοῦντες» [Altrimenti non finiremo più di far la guerra].

Su ogni nave della flotta, oltre ai 100-250 rematori, erano a bordo fra i 70-150 soldati, quindi si può immaginare quali rischi avrebbe potuto causare un'onda affrontata maldestramente. A bordo di ogni panfilo erano alloggiati sotto bordo 36 cavalli in 12 file di 3 scomparti. Per fortuna degli equipaggi, il mare era calmo e i cavalli erano relativamente quieti. In caso di moto ondoso sostenuto era sempre estremamente complicato riuscire a mantenerli calmi.

I flutti plumbei e il sole che appariva con luminosi raggi fra gli squarci delle nubi grigiastre rendevano ancora più vistosi i barlumi dorati degli elmi dei soldati che si muovevano sui ponti dei dromoni che procedevano in gruppi di 5 sotto la responsabilità del ναύαρχος [*naùarkos*, comandante], detto comunemente κόμης [*komes*]; i colori brillanti dipinti sugli scudi spiccavano sulle murate delle navi fra la spuma marina e le bandiere a fiamma di colore diverso per ogni dromone sfidavano i venti contorcendosi in figure sempre diverse. Uno spettacolo magnifico, ma il che il giovane Demetrios non riusciva ad apprezzare, perché preludeva a luoghi ignoti, battaglie e forse ancora peggio.

Durante la navigazione il catepano convocò il giovane funzionario per un colloquio privato: era sua consuetudine infatti conoscere i suoi sottoposti ed era solito discutere affabilmente con loro.

«Mio caro giovanotto — disse dopo qualche convenevole — adesso sosteremo brevemente davanti ad Otranto, poi veleggeremo verso Bari. Tu però resterai ad Otranto, ho bisogno che tu mi faccia un quadro generale della situazione delle terre fino all'estremità della penisola, fino al promontorio chiamato *Leuke*. Devi farti un po' le ossa ed è meglio cominciare con un incarico non troppo impegnativo. Poi mi raggiungerai a Bari, sempre che qualche barbaro non mi abbia mozzato la testa prima» aggiunse, ridacchiando.

«Comandante — rispose il giovane funzionario — avrò bisogno di interpreti per questo incarico, mi è stato riferito che la zona è piuttosto selvaggia e spoglia e io non conosco il latino».

«Le cose non stanno propriamente così, la zona è effettivamente poco popolata, dopo le scorrerie dei pirati saraceni, ma è in ripresa e incontrerai numerosi *koria* [villaggi] e anche chiese sul tuo percorso. Inoltre molti degli abitanti parlano la nostra lingua con un accento un po' pesante, ma ben comprensibile, quando ti ci abituerai. Per il latino ti sarà fornito un interprete. Preparati dunque a sbarcare, sei un giovane in gamba e di buona famiglia; se compirai con accuratezza il tuo lavoro, ti promuoverò *chartoularios* del *Catepanato d'Italia*, così, quando sarai richiamato nella capitale, riceverai dall'Imperatore il titolo di *spatharios* e avrai onori e denaro, potrai sposare una dama di buona famiglia e…cosa accade?».

Un marinaio era entrato annunciando la costa italiana all'orizzonte. I due si alzarono e si sporsero dalle murate assieme agli altri ufficiali. «Eccoti davanti l'Italia, mio caro ragazzo – disse a Demetrios sapendo che questi era al suo primo viaggio – la terra della vecchia Roma latina, amica e ostile, è uguale a noi, ma capovolta come in uno specchio e, come uno specchio, può mostrarci un volto sgradevole e molte rughe deludendo le speranze di noi che ci guardiamo dentro confidando di essere ancora giovani». Demetrios non vedeva né specchi né nulla di eclatante in quella vista, solo una costa uniforme e rocciosa. Avvicinandosi ulteriormente si incominciavano a delineare le bianche abitazioni di una città affacciata sul mare: era Otranto.

---

La flotta moderò gradualmente il ritmo delle vogate fino ad arrestarsi al largo della rada di Otranto. Molti cittadini erano accorsi a vedere le navi dell'imperatore e dalle mura e dal porto si levavano saluti e incitamenti diretti ai soldati sulle le navi. Da molto tempo infatti si attendeva un segno da Oriente e quando all'orizzonte si era profilata una così grande distesa di bianche vele con l'insegna dell'aquila non pochi si erano esaltati a tale vista: la riscossa era iniziata! La guarnigione imperiale mandò un *kàrabos* per salutare il nuovo catepano e riferire notizie sulla situazione, tranquilla, della zona: «I disordini riguardano i territori al di sopra di Brindisi, popolati da gente di stirpe longobarda. La Longobardia meridionale è tutta abitata da Romei e ligia all'Imperatore incoronato da Dio. Possa tu vincere, catepano, e spalancare all'Impero le porte dell'antica Roma».

Scambiati quindi i saluti di prammatica, Demetrios si congedò dal catepano imbarcandosi sull'imbarcazione otrantina che lesta rientrò in porto, mentre le navi imperiali volgevano le prore verso nord-ovest, in direzione di Bari e incontro al nemico.

Il governatore della città e suo diretto superiore, il τοποτηρητὴς (*topoteretés*) Stephanos, era un ometto dagli occhi verdi nativo di Patrasso, dai modi nervosi e dall'aspetto volpino. Nel riceverlo lo informò della situazione economica della zona nel dettaglio, aggiungendo però con fare comicamente guardingo alcune ulteriori notizie: «Devi sapere che dopo le vittorie contro Tornikios i ribelli intendono penetrare da nord nelle pianure pugliesi. Ho idea che abbiano mandato in giro agenti e spie per captare l'umore del popolo e sobillarlo contro l'autorità imperiale. Temo per la mia vita e per la salvezza della città che mi onoro di amministrare. Quindi occhi aperti e non dire nulla più del necessario a chi non conosci bene».

«Ma questo Meles, o come si chiama, cosa vuole, cosa spera di ottenere portando la rivolta contro l'Impero?»

«Vuole la sua gloria personale spacciandola per libertà. E ha molti sostenitori: sempre infatti le masse seguono le sciocche promesse di millantatori senza né arte né parte», concluse il funzionario. «Ma ora va a farti un giretto, ragazzo, e prenditi il tempo che ti serve per riposarti».

Otranto era una città sorprendentemente grande e attiva agli occhi del *Chartoularios* che, seppur avvezzo agli ampi spazi urbani di Costantinopoli e sicuro della superiorità della "regnante" su ogni altra città al mondo, non si aspettava che in quei luoghi così lontani dalla capitale potesse esserci una tale vitalità. Certo vi era assai più ricchezza e varietà di genti che nei villaggi traci.

Nei primi giorni di permanenza seguì le dritte di Stephanos: «Ora ascolta i miei consigli, che potranno giovarti: al mattino alzati, vestiti diversamente, comportati ed atteggiati come uno del luogo, ascolta come la pensano e fissa nella mente le loro parole. In questo modo otterrai un grandissimo vantaggio».

Per le strade si vedevano anche stranieri, Longobardi, Italici, Armeni, ma anche mercanti arabi, servitori slavi e una comunità ebraica. La città era munita di forti mura e, al suo interno, erano siti molti *ergasteria*, cioè botteghe di ogni tipo, mercati del pesce, frantoi, mulini, belle case e numerose chiese: una spaziosa cattedrale, risalente a secoli prima, e altre più recenti, fra cui una nuovissima e ricoperta al suo interno da vivaci affreschi, dedicata a San Pietro. In questa piccola chiesa, posta nel punto più elevato della città, Demetrios era solito recarsi a messa, pregando per la vittoria del catepano prima di prendere posto nell'alloggio assegnatogli nel *praitorion* governativo. Durante la funzione gli uomini si mettevano sul fondo del piccolo ambiente per osservare le donne senza prestare troppa attenzione alle parole del sacerdote, e Demetrios ben volentieri si accodò a questo modo di fare, anche perché, essendo l'ultimo arrivato, era ben conscio di essere l'oggetto privilegiato degli sguardi curiosi e del chiacchiericcio delle signore presenti.

Passate le prime giornate ad ordinare gli appartamenti assegnatigli e a mettere mano alle pratiche del suo ufficio, una sera decise di cenare in una taverna, giudicata da alcuni funzionari come la migliore della città: voleva vedere facce nuove, ma anche ascoltare le voci degli otrantini, per capire come la pensassero. Ovviamente anche nella taverna fu subito oggetto delle attenzioni di tutti i presenti. Un volto sconosciuto preannuncia nella maggior parte dei casi nuovi racconti e così il nostro protagonista finì col passare la serata senza quasi toccare cibo, fra un brindisi e un discorso. Narrò con dovizia di particolari efferati il trionfo del *basileus* Basilio fra le gole della Macedonia, così come gli era stato raccontato dai reduci della battaglia di Kleidion. La triste sorte dell'esercito bulgaro fece scorrere molte lacrime sui volti dei suoi uditori.

Di rimando le sue orecchie dovettero sopportare decine di racconti più o meno infarciti di panzane da vari mercanti provenienti dalla Sicilia: «Nello stretto di Messenia un giorno vidi una sirena a due code...» e da diverse parti d'Italia tanto remote che a Costantinopoli a stento se ne conoscevano i nomi dal suono barbaro: «Mediolanum è così ricca che la gente cammina tenendosi la pancia sporgente…». Non ci volle molto perché Demetrios cominciasse a desiderare di essere altrove e cercare un modo per congedarsi dall'allegra compagnia, maledicendo sé stesso per non aver dato retta ai consigli di suo padre.

Profittando dei quattrini del giovane funzionario che aveva generosamente contribuito a sciogliere la lingua dei presenti, molti avevano esagerato nel bere e l'atmosfera aveva cominciato a perdere briosità e a divenire più tesa. Un franco si era messo a tessere le lodi del suo lontano signore re Roberto, e fu talmente ricoperto di insulti che preferì non alimentare l'eccitazione mettendosi tranquillo in un angolo, ma un longobardo di Salerno, palesemente brillo, non poté trattenere la lingua, esclamando con voce tonante: «Voi Greci siete peggio del vostro vino, che riempite di resina per renderlo saporito, così fate tante cerimonie ma alla fine non valete nulla. Noi Longobardi invece…». Non gli riuscì di spiegare in cosa fossero tanto valenti i Longobardi perché da ogni angolo della taverna si levarono grida di ogni tipo: «Bestia! Parli tu che mangi con le mani e non sai nemmeno cosa sia una forchetta!»; «Torna a dormire con quella capra di tua moglie, ammesso che non sia già nel letto di altri!»; «Ti taglio la lingua e te la ficco nel didietro!».

Mentre l'oste, con la sua mole monumentale, si apprestava a gettare una secchiata di acqua lurida per raffreddare i bollori dei litiganti pronti a venire alle mani, Demetrios discretamente indossò il suo *mantion* di lana e sgattaiolò dall'uscio della bottega spostando un mosaicista veneziano ubriaco che aveva beatamente ronfato per tutta la serata. Non era il caso di tornare fradicio nel *praitorion*, e così, volgendo le spalle alla taverna da cui si levavano strepiti sempre più alti e allarmanti rumori di suppellettili sfasciate, se ne tornò ai suoi appartamenti, incrociando dei soldati che accorrevano nella direzione opposta alla sua, fra le strette strade vicino al porto.

---

Il mattino successivo, all'albeggiare, il funzionario si affacciò sul piccolo balcone colonnato del suo appartamento che dava sul porto, assaporando lo spettacolo del sole che sorgeva ad Oriente, superbo come un imperatore: «βασιλεύει ο ήλιος, il sole regna!». Pensava alla sua famiglia lontana, a quante speranze erano riposte nella sua carriera, ma anche al catepano e alla sua difficile missione. Sarebbe riuscito nella sua missione, ove altri uomini illustri avevano fallito?

Era solito, appena alzato, frizionarsi i denti e le gengive con la mistura igienica di erbe che si era portato da casa: mirto, rosmarino, alloro, elleboro e menta cotte e poi seccate e ridotte in polvere. Ad Otranto tale pratica era pressoché sconosciuta e molti nel *praitorion* si domandavano con quale mistura segreta il *chartoularios* potesse rendere la sua voce così profumata.

I soldati di guardia al mattino avevano appena dato il cambio a quelli del turno di notte; a breve avrebbero aperto le porte cittadine e mercanti e i contadini convenuti dalle campagne intorno si sarebbero riversati all'interno delle mura per concludere qualche affare in città. Nel porto i pescatori si disponevano a vendere il pesce appena pescato. Dal molo provenivano voci e grida in tante lingue, alcune con sonorità nuove per Demetrios, come quella dei Veneziani, che avevano un punto di approdo ad Otranto, avendo stretto un accordo commerciale con l'Impero ratificato dall'imperatore Basilio in persona.

«Non sono poi così tanto diversi dagli abitanti della capitale», si diceva, più per consolarsi che per reale convinzione, «anche se parlano in modo bizzarro». Si riferiva al servitore otrantino che gli era stato assegnato, Giorgio, un giovanotto a cui era spuntata da poco la prima peluria sulle guance. Smilzo, petulante e sputasentenze, era il tipico personaggio che ritiene di saper risolvere i problemi del mondo e che tutti gli altri sono degli incapaci.

Demetrios lo riprendeva in continuazione: «Non capisco nulla di quanto mi dici e non hai scritto una riga senza un errore! Chi diamine ti ha insegnato a scrivere in greco in questo modo barbaro?». Pur essendo di carattere gentile aveva in campo linguistico tutta l'altezzosità di un costantinopolitano educato nel culto del greco attico più puro, e aveva il massimo disprezzo per gli accenti barbari o le frasi mal modulate.

«Signore! Ho imparato bene il greco da un eccellentissimo manuale di un grande maestro, il *Longibardos*, noto in tutto il mondo e ovunque apprezzato», rispondeva senza vergogna Giorgio. «Sarà apprezzato a casa tua! – replicava stizzito il funzionario – confondi gli *eta* con gli *iota,* non sai distinguere Platone da Plutarco! Così non mi sei di nessun aiuto, mi toccherà farti da *didaskalos* se voglio concludere qualcosa con te, che Iddio mi sostenga!»

Demetrios infatti teneva alla cultura. Con sé aveva portato pochi bagagli: utensili da cancelleria, alcuni abiti, fra cui uno costoso da cerimonia, ma ben tre libri: la *Mistagogia* di Massimo il Confessore, le *Omelie* di Gregorio Nazianzeno e le *Guerre* di Procopio che aveva acquistato, risparmiando quanto poteva, dal monastero di *Stoudion*, oltre al *Procheiron,* l'utile manuale di diritto che aveva sempre a portata di mano. Gran consolazione per il suo morale era stato sapere che il palazzo del governatore era fornito di una piccola biblioteca e che in città erano presenti alcuni ottimi copisti.

Ad ogni modo molto tempo da dedicare alla lettura non ce ne sarebbe stato, per il momento. Gli ordini erano chiari e da eseguirsi con scrupolo. Occorreva fare un novero di tutti i centri abitati della zona a sud di Otranto e di tutti gli edifici cultuali compresi in questa zona, che si diceva essere numerosi, e, ove vi fosse necessità, riunire gli abitanti di zone poco popolate e fondare, sempre laddove fosse necessario, nuovi insediamenti, sia per proteggerli da eventuali scorrerie nemiche, sia per rendere più agevole il controllo fiscale, poiché si prevedeva un periodo di espansione economica.

Otranto era una città popolosa, tuttavia non si poteva dire altrettanto della provincia, che aveva subìto in pieno le scorrerie dei pirati saraceni che dall'Egitto e dalla Sicilia stagionalmente avevano razziato fino a pochi anni prima le coste calabresi e pugliesi. Ma ora l'economia era in rapida ascesa, la coltivazione intensiva dei gelsi e l'allevamento dei bachi da seta aveva generato in Calabria, dove erano siti la maggior parte degli allevamenti e in Puglia, dove erano vendute le tele, una notevole ripresa dell'economia grazie al commercio di stoffe di lusso in tutto il bacino del Mediterraneo.

Demetrios teneva sempre a mente il monito del governatore sulle spie dei ribelli, anche se per certi versi riteneva che questi esagerasse un po' troppo il pericolo. Aveva fatto le spese di questa preoccupazione lo sventurato mercante di Salerno, Landolfo, sbattuto in carcere la sera della rissa nella taverna con l'accusa di essere un agitatore longobardo e quindi interrogato e percosso. E Landolfo doveva ritenersi fortunato, perché era solo grazie alla testimonianza dello stesso Demetrios, che aveva assicurato il *topoteretés* che si trattava soltanto di un innocuo spaccone, se la sua lingua si muoveva ancora fra i denti.

«Quale itinerario mi consigli, per compiere più agevolmente il mio incarico?», chiese Demetrios a Nicola, arcivescovo e Metropolita di Otranto, che lo aveva accolto benignamente nella sua spaziosa residenza, pochi giorni dopo il suo arrivo. Era una prassi dovuta per un funzionario andare a rendere omaggio all'autorità ecclesiastica locale. Per l'occasione il *chartoularios* aveva acquistato in una delle botteghe otrantine specializzate in abiti di seta prodotta in Calabria una tunica bianca e un mantello blu orlato di oro.

Il prelato, mettendo da parte il consueto sussiego, fremeva dalla curiosità di ricevere informazioni di prima mano sulle meraviglie della capitale e sulla salute del Patriarca, desiderio che Demetrios non fece fatica a soddisfare una volta di più: in effetti era continuamente assalito dalle richieste di notizie e racconti sulla capitale da chiunque aveva avuto possibilità di rivolgergli parola, dai magistrati sino ai bottegai.

Solo dopo aver saziato la sua curiosità, infatti, l'arcivescovo rispose alle domande del funzionario: «Discendi vicino alla costa, passando per quella *lavra* detta "di Casole", poi percorri la strada che si addentra un po' all'interno. La zona è piuttosto isolata, vi sono molti piccoli villaggi, ma i paesani raramente intraprendono viaggi di sera, per via di alcune bande dedite al brigantaggio che rendono le strade poco sicure. Se non ti allontanerai troppo dal mare giungerai in un luogo chiamato *Basta*, lì troverai un paesello ben organizzato e una bella chiesa sotterranea. Da lì prosegui, la strada volge verso il mare. La costa si alza e in poco tempo arriverai all'unica città degna di nota, *Palaiokastron*, chiamato più concisamente *Kastron* dai suoi abitanti: è un *àstu* [borgo fortificato] alto sul mare e cinto da solide mura, quando vi sarai giunto porta i miei saluti al vescovo Elia. Da *Palaiokastron* in avanti il territorio è pietroso, appena ondulato, con qualche villaggio o masseria di poco conto, fino al Capo, dove si trova un santuario della Madre di Dio costruito sulle rovine di un tempio dedicato a chissà quale divinità demoniaca dei pagani. Una volta giunto lì — continuò il religioso — potrai risalire la costa occidentale, che più ha sofferto nei tempi passati la ferocia degli agareni»

Prontamente il *Chartoularios* rispose: «Ti riferisci alla triste sorte della illustre città di *Iontos* [Ugento], distrutta dagli islamici e i cui abitanti furono tutti venduti come schiavi sulla piazza di Cartagine dallo stramaledetto Sawdan. Conosco la storia, ma so pure che l'imperatore Basilio, il primo con questo nome, e suo figlio Leone il sapiente ripopolarono la zona insediandovi alcuni soldati armeni che avevano combattuto in quelle terre e i liberti di una ricca vedova di Patrasso, Danielis, e rifondando una città sulla costa chiamata *Kallìpolis*».

«Così si dice, — riprese il vescovo arricciandosi la barba grigia con le dita — sono stati tempi duri per i miei predecessori, ma anche ai giorni nostri ci sono state grandi violenze, in verità. Adesso le cose parrebbero andare per il verso giusto. I Bulgari sono stati assoggettati e spero che adesso l'imperatore presti la dovuta attenzione a queste contrade sinora molto trascurate da Costantinopoli. Ci sarebbe bisogno di organizzare tutta la piana che da qui si stende verso il promontorio del Capo. Ora che l'Impero è prospero e i commerci cominciano a riprendersi, sarebbe bene che l'amministrazione riunisse i contadini che ancora vivono in piccole comunità rupestri sparse qua e là e costituire delle vere città. A volte sembra che ci siano più chiese che case. Va' dunque, figlio mio e, dopo che avrai adempiuto al tuo compito, informa il catepano delle necessità di questa provincia fedele all'Impero dei Romani. Abbi buon senso nei confronti di tutti e il Signore non si allontanerà da te».

------

Così, desideroso di adempiere al suo dovere e presto annoiato per la mancanza di attrattive che Otranto (come qualunque altra città di provincia) poteva offrire a un uomo che aveva visto i grandi giochi nell'ippodromo e l'incomparabile sfarzo della corte imperiale, dopo aver sistemato l'ufficio catastale della città che lo ospitava – pratica che comunque richiese più lavoro del previsto – Demetrios si mise a cavallo per ispezionare la provincia, con due *pelthasti* [soldati a piedi] provenienti dai distaccamenti del catepano, Basilio e Alessio, ambedue costantinopolitani, il segretario Giorgio, che fungeva da interprete essendo longobardo da parte di madre, e un asino per portare vivande e altri strumenti completavano la piccola comitiva.

Altri funzionari a lui sottoposti avrebbero percorso negli stessi giorni itinerari diversi. Ciò che era mancato troppo a lungo in quei luoghi era la presenza dello Stato. Sino a quel momento l'autorità imperiale era coincisa con perquisizioni a fini bellici o con detestabili prelievi fiscali. La visita di un funzionario che non portava via di casa i figli o gli averi (in certi casi ambedue) avrebbe forse contribuito a infondere un po' più di fiducia nell'animo dei popolani.

Il lavoro era monotono e noioso, l'umidità dei luoghi, le strade non buone, polverose se il tempo era asciutto, fradicie e piene di buche se era piovuto — erano a settembre —, contribuivano al fastidio del nostro *chartoularios* che doveva fermarsi presso ogni terreno coltivato o casetta in pietra in cui si imbatteva, rintracciare i proprietari (spesso terrorizzati da colui che credevano fosse un esattore), farsi intendere da questi e registrare estensione dei terreni – generalmente di modesta entità – e dimensione degli eventuali edifici. Poiché di locande non vi era traccia se non nei centri più grandi, bisognava passare la notte facendosi ospitare nelle case meglio fornite con la speranza di poter dormire in un giaciglio decente, cercando al tempo stesso di non spaventare le donne.

Giunti presso una piccola grotta adibita a chiesa da una comunità di pastori, Demetrios volle fermarsi a visitarla. Era un ambiente piccolo con volta piatta e un'abside, la luce delle lampade rivelava nella penombra belle immagini dei santi, della Vergine e di Cristo, che alla luce tremolante delle fiammelle sembravano muoversi e emergere dalle pareti.

Fuori della grotta venne loro incontro quello che si rivelò essere un mercante di tessuti. Il funzionario gli rivolse cortesemente la parola, ma non capì una parola della risposta con cui il brav'uomo replicava scappellandosi. Di conseguenza, mentre Demetrios con somma irritazione stava ragionando se questo contorto e rustico discorsetto fosse una specie di sberleffo nei suoi confronti, intervenne provvidenzialmente Giorgio e i due intrapresero un incomprensibile dialogo in una pseudo-lingua che metteva insieme qualche termine greco, qualcosa di latino e altre espressioni meno chiare, accompagnate da strani gesti e diversi inchini da parte del mercante verso la sua persona. Terminato questo siparietto il rustico viaggiatore fu congedato dal segretario con comico decoro.

«Voleva sapere che tipo di grand'uomo fossi e dunque augurarti...» Incominciò a riferire Giorgio, ma il funzionario lo fece tacere con gesto stizzito: «Qualunque cosa volesse augurarmi, foss'anche la porpora imperiale, tienitela per te, delle adulazioni di uno zotico non so cosa farmene, e non parliamone più!»

Una volta calmatosi, però, Demetrios riprese l'argomento: «La gente comune di questi luoghi parla con un accento stravagante, adoperando spesso termini ellenici, barbari e latini indistintamente, quale che sia la stirpe di ciascuno»; la sua curiosità intellettuale lo faceva interessare alle variazioni linguistiche. «Signore, — commentò il segretario — queste zone sono state abitate da Greci sin da tempi remotissimi, prima di Alessandro il Grande, forse, chi lo sa. Poi quei Greci si sono mescolati ai Latini e altri barbari delle zone circostanti e, solo da qualche tempo, grazie alle truppe liberamente qui stanziate dal generale Niceforo Phocas il vecchio, di felice memoria, la nostra lingua viene di nuovo parlata con buona correttezza».

Giunta la sera presero alloggio in una casetta messa a loro disposizione da un contadino gentile che abitava in un'altra abitazione nello stesso podere. Un edificio sgangherato tenuto insieme con assi di legno, con un camino semicrollato e tutto annerito come un dito del diavolo. La notte era calata senza luna, accompagnata dal lamento dei rami degli ulivi mossi dalle folate di vento e dal canto delle civette, acuto e beffardo. Tanti piccoli animali notturni si muovevano nell'ombra, rivelati da improvvisi fruscii e squittii.

«Andate a dormire, signori; la sera è tranquilla, e il vento l'accompagna» disse il solerte proprietario della casa, accomiatandosi dai suoi ospiti, dopo aver servito loro una parca cena a base di παπαρίνα [*paparina*], olive nere e formaggio, ma senza vino, perché portando la brocca era inciampato e aveva versato tutto il suo contenuto nel cortile. Era, a quanto pareva, il solo vino presente in quella casa. I soldati ne furono assai dispiaciuti, ma ancor di più il contadino non riusciva a darsene pace, lamentandosi così tanto che Demetrios si sentì in dovere di offrirgli una somma in denaro come risarcimento per la brocca e per il vino.

«Davvero un brav'uomo; la sua dimora è mezza rovinata, ma ci ha ospitati nella parte buona», commentò Giorgio, una volta rimasti soli. «Sarà – rispose Basilio dubbioso – ma mio padre mi ripeteva incessantemente un solo consiglio: "non fidarti", e quindi noi dormiremo con un occhio solo». Così furono spente le candele e ci si preparò per la notte, Demetrios e il suo segretario avrebbero riposato su dei pagliericci usando i loro mantelli come coperte, i soldati per terra nella stanzetta interna accanto.

Il vento era cessato, non si udiva più alcun rumore. Nulla sembrava turbare la quiete di quella notte di fine settembre. Tuttavia Giorgio, che aveva un sonno assai leggero, si svegliò, disturbato da un qualche rumore, che d'istinto attribuì a una zanzara o ad un altro insetto. Stava per rigirarsi nel mantello, quando fu raggelato dalla spiacevole sensazione che si prova nel percepire nell'oscurità qualcosa di simile a dei bisbigli.

Dapprima non vide nulla nel buio, ma ormai aveva compreso che c'era qualcun altro nella stanza. Aguzzando la vista senza muoversi – era irrigidito dalla paura - scorse, o gli parve di scorgere, due sagome scure chinate fra il suo letto e quello del suo superiore. Col pensiero andò inconsciamente alle malefatte dei demoni *leliuri* e alle storie degli altri fantasmi notturni che sua nonna raccontava d'inverno accanto al camino, turbando i suoi sogni di bambino. Senza rendersi davvero conto del pericolo che correva non riuscì a trattenere la fifa e lanciò un urlo: «In nome di Dio, chi è là?». La sua creduloneria gli faceva temere più le *larve* o i folletti dei luoghi che degli eventuali ladri in carne e ossa.

Ma di carne e ossa e non certamente di puro etere erano composti i due intrusi che con incredibile rapidità fuggirono verso la finestra senza profferire verbo, travolgendo e calpestando con tutta la loro stazza il povero Giorgio. Si dileguarono nell'oscurità della campagna prima ancora che Demetrios e i due soldati riuscissero a raccapezzarsi in tutto quel dannato trambusto.

«Degli uomini, c'erano degli uomini nella stanza!», piagnucolava il segretario a Demetrios mentre questi armeggiava con lo stoppino della lucerna per illuminare la stanza e capire meglio che cosa fosse accaduto. I due soldati erano immediatamente accorsi nella camera, mano alla spada. Alessio riferì subito: «I soldi ci sono tutti, li abbiamo nascosti dentro le nostre corazze» e corsero fuori nel caso che questi "visitatori" fossero ancora nei paraggi. «Chi saranno mai stati? – si domandava Demetrios – Spie? Ladri?»

Andò subito a rovistare fra i suoi bagagli. «Soldi non ne hanno presi, ma hanno portato via il mio *phylakterion* con la Vergine. Dannazione!».

I due soldati tornarono dopo un po' di tempo a mani vuote, com'era prevedibile. «Siamo andati a svegliare il contadino, ma la casa era vuota. Riteniamo fosse in combutta con i ladri». «Evidentemente sì, il nome con cui si è presentato doveva essere falso. – rispose Demetrios – Ha fiutato un ricco bottino e ha chiamato due compari, ma non la faranno franca! Intanto requisiamo questo podere, poi si vedrà». Non c'era altro da dire o da fare, aspettarono il mattino per ripartire. Il *chartoularios* decretò che, se fosse capitata un'altra occasione simile, i due soldati avrebbero fatto turni di guardia. «Ci avranno seguiti sin dalla nostra partenza, i maledetti, ringraziamo il cielo che non hanno trovato i denari che mi porto appresso».

Da allora l'ispezione procedette senza ulteriori incidenti fra villaggi e casali, finché non giunsero a *Palaiokastron*, una cittadina molto più piccola di Otranto, ma ben difendibile, perché erta sul mare. Qui riposarono per un paio di giorni, godendo della doppia aura di luce del cielo e del mare in cui il centro fortificato sembrava galleggiare sospeso nelle mattinate luminose. Le cinque cupolette della chiesa più importante del paese brillavano riflettendo con le loro tegole metalliche i raggi solari.

«Questa rupe, si racconta, fu la prima parte di Italia che Enea scorse nella sua fuga da Troia. Vi era un tempio di Atena, e proprio un simulacro di Atena fu la prima cosa che Enea avvistò dal ponte della sua nave», spiegò Giorgio a Demetrios seduto sugli spalti delle mura per scrutare verso la costa dell'Epiro che si delineava nitida all'orizzonte. «Enea il troiano, dici? – rispose – Può darsi che non sia solo una leggenda, ma quanto vorrei percorrere la sua rotta al contrario!».

Così, mentre compiva il proprio dovere di agente imperiale a *Palaiokastron* il funzionario poté permettersi il lusso di gustare dell'ottimo pesce in compagnia delle autorità locali, discutendo di questioni economiche, ma anche intorno alle bellezze locali. Una volta pienamente ristorata la comitiva del *chartoularios* riprese il cammino prestabilito e, dopo aver superato il *korìon* chiamato *Andranon*, decise di spingersi fino ad una chiesetta rupestre vicina all'antica strada serpeggiante su cui procedevano, non distante da *Alexanon*, una zona boscosa con alcuni casali di contadini sparsi qua e là.

La sera stava calando velocemente e le chiome di certe maestose querce di cui sembrava ricco il territorio facevano venire in mente ai viaggiatori quelle che crescono sulle coste egee dell'Asia Minore, confondendosi con la tenue foschia umida che pareva fuoriuscire dalla terra come per un incantesimo. «Saranno le stesse querce che Apollonio Rodio descrive nelle sue Argonautiche?» si chiedeva Demetrios. Quegli alberi maestosi troneggiavano in mezzo a vigneti e uliveti. Gli olivi erano quasi tutti giovani, poiché le gelate del tremendo inverno del 1009 ne avevano fatto morire la maggior parte.

Il piccolo corteo era immerso in questa atmosfera umida e silenziosa quando, improvvisamente, scorsero una figura nera che si faceva largo fra i rami spogli di un fico selvatico, incespicando e correndo attraversava la strada alcuni metri più avanti rispetto a loro.

Era evidentemente un prete, che filava come se avesse mille demoni alle sue calcagna. Da cosa fuggisse, Demetrios e il suo seguito lo capirono immediatamente. Due uomini, irrompendo fra gli sterpi, inseguivano da presso il religioso con ampie falcate. Correvano come ossessi, senza dar segno di aver notato la presenza di altre persone che osservavano attonite la scena. Brandivano una mazza e un coltello e non ci sarebbe voluto certamente molto perché raggiungessero il prete che, pur essendo abbastanza giovane, non era evidentemente allenato a correre a lungo.

Demetrios non era certo un uomo d'azione. Sapeva a stento cavalcare, la sua giovinezza l'aveva sempre trascorsa fra i libri del *grammatikos* e dell'insegnante di retorica e le uniche spade che aveva maneggiato erano quelle di legno con cui giocava con gli amici nella piazza del mercato. Tuttavia si rendeva bene conto che solo lui, a cavallo, poteva raggiungere i due aggressori che avevano già un certo vantaggio sulla comitiva del *chartoularios* prima che riuscissero a raggiungere il prete in fuga. I soldati — si disse — non tarderanno a darmi man forte, magari costoro fuggiranno alla mia vista. E senza pensarci due volte si lanciò al galoppo incitando il cavallo con alte grida, armato della sola frusta a tre corde per aizzare il cavallo, mentre il povero Giorgio, vuoi per la paura, vuoi per il fracasso, finiva per terra scalciato dall'asino.

I due briganti erano già addosso al fuggitivo che, inciampato su una pietra, giaceva a terra. Udite le urla del cavaliere, si volsero verso di lui e con un solo sguardo compresero che non era un soldato colui che li attaccava, ma un uomo in ricchi abiti civili e così, invece di fuggire, come aveva sperato Demetrios, si apprestarono a fronteggiare l'assalitore, pregustando in cuor loro l'inattesa comparsa di una preda migliore di un misero prete.

Non avevano infatti riconosciuto nel cavaliere colui che avevano derubato nel sonno perché Demetrios indossava un ampio mantello azzurro diverso da quello marrone in cui era solito avvolgersi a letto, e tantomeno si erano accorti dei due soldati rimasti più indietro.

Il *chartoularios* fece l'unica cosa che poteva fare, spronare al massimo il suo cavallo e caricare coloro che lo fronteggiavano. La cosa gli riuscì a metà. Il brigante di destra, quello col pugnale, fu travolto in pieno dal corpo della bestia e fu sbalzato cadendo privo di sensi, ma l'altro, quello armato di mazza, riuscì a scansarsi in tempo e, agilissimo, menò un colpo al cavaliere, centrandolo ai reni e gettandolo a terra.

Questione di momenti. L'uomo si scagliò addosso a Demetrios che tentava di mettersi in piedi e gli avrebbe certamente fracassato la testa se i due soldati della scorta, accorsi con maggior lentezza per via della pesantezza delle corazze lamellari, non fossero intervenuti alfine. Vedendoli il brigante cercò di squagliarsela, ma Basilio con un colpo di lancia ben calibrato lo trapassò da parte a parte, facendolo stramazzare al suolo e passare così rapidamente dalla vita alle sponde dello Stige.

L'altro malfattore, ripresosi nel frattempo dallo stordimento, provò ad allontanarsi per evitare la sorte dell'altro bandito, aveva visto infatti il suo compagno passare dalla vita alla morte come un porcello allo spiedo e temeva in cuor suo di ricevere lo stesso trattamento. Cercando di non dare nell'occhio mosse strisciando verso i cespugli di leccio che attorniavano la strada, ma fu facilmente raggiunto ed immobilizzato dai due soldati. «Guarda cos'ha questa canaglia qui in saccoccia!», esclamò Alessio, perquisendo l'uomo disteso a faccia in giù con il piede di Basilio sul collo. «Il suo ciondolo, signore. Miserabile feccia, eri tu quindi l'altra notte, eh eh! Adesso vedrai come ti sistemiamo!».

Demetrios, intanto, malconcio e dolorante, si era alzato e pulito alla bell'e meglio. «Grazie al cielo, l'abbiamo ritrovato!» rispose sollevato, prendendo fra le mani la reliquia donatagli da sua madre. Ringraziati i soldati per il deciso ma non proprio tempestivo intervento, si volse verso il prete che, pallido e tremante, aveva assistito alla scena rannicchiato vicino ad un muro costruito con pietre non levigate, addossate mirabilmente l'una sull'altra senza malta.

«Vieni qui, padre, accostati e non aver paura, parliamo tu ed io. Qual è il tuo nome e da dove vieni, *papas*, e per quale motivo costoro ti inseguivano? – Demetrios chiamava padre il sacerdote, sebbene questi sembrava essere sostanzialmente un coetaneo del suo salvatore.

«Iddio ti benedica, signore — rispose quello facendo ripetutamente il segno della Croce — Hai salvato la mia umile persona, ma soprattutto hai impedito che quei due manigoldi mi portassero via le offerte destinate alla chiesa sotterranea della Madre di Dio dell'*Omphalion* dove sono solito officiare per gli abitanti dei dintorni. Il mio nome è Giovanni Pankitzés e i due che mi inseguivano sono, erano dovrei dire, Nicola e Leone, due membri di una banda di briganti che da tempo terrorizza queste contrade e molesta i buoni coltivatori che non sono in grado di difendersi».

«Perché questi coltivatori dei dintorni di cui mi parli non si riuniscono tutti insieme, in modo da aiutarsi vicendevolmente e difendersi dai banditi? Eppure vi sono altri villaggi qui vicino, da loro non ricevete alcun aiuto? — esclamò a quel punto Demetrios».

«Mio signore, bisogna fare attenzione agli abitanti di questi luoghi, spesso sotto una parvenza di cortesia sono imbroglioni, invidiosi di natura e scaltri. Da essi non riceviamo alcun aiuto. Per fondare un villaggio avremmo bisogno di un *prostagma*, di un ordine degli amministratori che stanno a Bari, ma siamo pochi e non ho nessuna autorità».

Il *chartoularios* rifletté un momento, poi dichiarò: «Ma io sì, ho questa facoltà. Anzi, ti ingiungo di radunare tutti gli abitanti delle fattorie che sorgono nei dintorni e di formare un *kastellion*. Questa zona è poco abitata ed è necessario popolarla adeguatamente per organizzare la sicurezza della popolazione e la coltivazione dei terreni: ciò è quanto mi è stato richiesto dal catepano in persona. — soggiunse il *chartoularios* parlando più a sé stesso che al prete confuso — Conducimi presso un luogo dove possa riposare e stilare l'atto con cui attestare la fondazione del nuovo villaggio. Io ti conferirò i documenti e i mezzi per fare tutto ciò che è necessario».

Volgendosi ai soldati li incitò a muovere: «Coraggio, uomini, muoviamoci! Giorgio, orsù, vai a recuperare il cavallo! Giorgio! Dove sei finito?», gridava, guardandosi intorno, non vedendo il suo fido servitore. Il quale invero, con saggia prudenza e molto attaccamento alla persona del suo padrone, si era nascosto fra i cespugli. «Bell'aiuto ci hai dato, ragazzo – sghignazzarono i soldati dopo averlo visto riemergere dal fogliame – Meriteresti davvero un encomio e il titolo di stratego!»

E così Giorgio dovette fare la sua parte aiutando i soldati a scavare una decorosa sepoltura per il bandito ucciso, per il quale il sacerdote recitò una breve preghiera. Al giovane segretario e al sacerdote fu risparmiato lo "spettacolo" della dimostrazione di forza di Basilio, che estrasse la sua lancia dal corpo esanime con un solo rapido movimento del braccio.

Stupefatto per quanti avvenimenti stessero capitandogli tra capo e coda in così poco tempo, il prete fece poi strada al funzionario, al suo servo e ai due soldati, che, di buonumore per aver interrotto la monotonia di quel viaggio noioso con un po' di azione, pungolavano con le lance il bandito legato al cavallo. Demetrios aveva deciso di consegnarlo al giudice del paese più vicino. Basilio, in particolare, menava gran vanto della precisione e potenza del suo colpo e implorava Demetrios di farne menzione al catepano: «*Kyr, kyr*, ricordati di parlarne al Catepano, digli quanto sono in gamba e che voglio entrare al suo servizio!». «Sta' pur tranquillo – rispondeva il *chartularios* per tenerselo buono –, ti farò avere un encomio». La composita comitiva nel frattempo aveva raggiunto una fattoria non troppo distante dalla strada, dove il prete Gregorio era talora ospitato dal proprietario Andrea e da sua moglie Chrysolea.

Quest'ultima, riconoscendo nelle vesti dell'inatteso ospite le insegne di un funzionario di alto rango, dopo aver mandato in un'altra stanza le giovani figlie (degli uomini sconosciuti e dei soldati, non si sa mai), si affrettò a stendere sulla tavola la tovaglia delle feste e metterci sopra quanto aveva di meglio, ovvero una brocca di vino, del formaggio e olive, mentre il marito si sforzava di rendersi autorevole di fronte ai nuovi venuti.

Senza perdere troppo tempo in convenevoli Demetrios mise da parte olive e formaggio, si sedette su di uno sgabello e cominciò a vergare il documento, scaldando poi la cera per apporre col proprio anello il sigillo attestante il suo rango.

«Ἐν ὀνόματι τοῦ Πατρὸς καὶ τοῦ Υἱοῦ καὶ τοῦ ἁγίου Πνεύματος ἐγώ, ὁ χαρτουλάριος Δημήτριος τοῦ Τριχᾶ... [Nel nome del Padre e del Figlio e dello Spirito santo io, il Cartulario Demetrio Tricás] certifico, nel cinquantanovesimo anno di regno del signore Basilio e del signore Costantino in Cristo fedeli imperatori porfirogeniti dei Romani, nel mese di settembre, I indizione, la fondazione del nuovo *kastellion*, che edificherete qui, su questo pianoro leggermente degradante verso quelle querce secolari. Mi sembra un luogo sicuro e con buoni pozzi. Vi darò 60 *nomismata* per poter ingaggiare carpentieri e muratori per la costruzione di altre case. Altri ne riceverete a *Palaiokastron*, alla cui diocesi apparterrete».

A questo punto il funzionario smise di scrivere e alzò lo sguardo guardando negli occhi tutti i presenti. «Che nome volete che si dia al *kastellion*?», chiese rivolgendosi al prete e agli abitanti della zona che nel frattempo si era riusciti a convocare, tutti esterrefatti nel guardare il funzionario intento all'opera.

Seguì un imbarazzato silenzio, ma dopo qualche istante Chrysolea, che non aveva caparbiamente voluto allontanarsi dalla stanza e aveva assistito velata a tutta la cerimonia, sussurrò alcune parole all'orecchio di Giovanni, che aggrottò le sopracciglia, guardò meravigliato la donna che annuiva verso di lui, annuì a sua volta, poi confabulò con Andrea e altri convenuti intorno a lui ottenendo cenni di approvazione sotto lo sguardo interrogativo, ma divertito, di Demetrios.

Dopo un istante di esitazione, il sacerdote si lisciò la barba con la mano e domandò di rimando al funzionario, mettendo fine all'incerta situazione: «La signora Chrysolea qui presente vorrebbe sapere come ti chiami, signore».

«Il mio nome è Demetrios Tricás, figlio di Niketas di Costantinopoli. Sono il *chartoularios* del catepano Basilio Boioannes». Altro breve conciliabolo fra Chrysolea e il prete, poi di nuovo questi si rivolse sorridendo al suo interlocutore.

«Dio ti benedica. Se permetti, signor Demetrios, il nome che vogliamo dare al *kastellion*, è quello che tu porti. Il nostro desiderio è di chiamarlo casale Tricás e porre come

50

suo protettore san Demetrio, in memoria perpetua della tua generosità e del tuo coraggio»

Di fronte a tale inaspettata risposta Demetrios si mise a ridere sonoramente. «Un paese col mio nome! Un onore da imperatori. Questa è la vostra decisione? Questo è quanto volete?».

«Questa è la nostra volontà!» — replicarono tutti. Allora il *chartoularios* terminò il documento inserendo, non senza un certo compiacimento, il nome dell'erigendo *kastellion* e poi invitò i testimoni ad apporre le proprie firme. Alcuni firmarono in greco come Giorgio (Εγὼ Γεώργιος νοτάριο μαρτηρον ὑπεγραψα διὰ μοὺ χειρὶ) e Basilio (Εγὼ Βασίλειος λορικᾶτος ὑπεγραψα), chi con lettere latine, intorno al segno cruciforme tracciato da Demetrios.

---

Il giorno dopo si fece baldoria nella masseria. Chrysolea e altre donne allestirono un gran banchetto alla cui abbondanza contribuirono tutti i contadini del circondario. Giunta la sera, Anastasia e Maria, figlie del fattore, intonarono dei bei canti e tutti i presenti ballarono insieme al suono di tamburi e nacchere. Demetrios, ancora dolorante per la botta ricevuta, non voleva arrischiarsi a ballare e batteva le mani al ritmo di danza. Poi gli anziani raccontarono storielle ai bambini intorno al focolare, mentre il nostro eroe cercava di insegnare il gioco del *tavli* [una specie di *backgammon*] al primogenito del pastore, badando con un occhio ai due soldati che ronzavano un po' troppo intorno alle fanciulle e con l'altro a Giorgio, che stava dando prova di apprezzare fino in fondo i piaceri di Dioniso. L'unico a non partecipare alla festa era lo sventurato brigante Leone, giacente in ceppi sotto una tettoia nelle vicinanze.

Quando però il prete Giovanni sentì dire da Demetrios che questi si portava appresso dei libri, lo pregò, quasi lo supplicò, di leggere loro qualche brano. «Per favore, facci questo regalo, è bello ascoltare una storia importante da una persona colta».

E Demetrios infine cedette, tirò fuori le *Guerre* di Procopio e prese a leggerne alcuni passi: «Fatemi cerchio intorno, vi narrerò le imprese dei generali Belisario e Narsete, che strapparono Roma e l'Italia dalla dominazione barbarica». Si fece silenzio intorno a lui, anche chi ballava si fermò ad ascoltare.

«...Belisario, letto il messaggio dell'imperatore, scelse novecento uomini, che si distinguevano per valore, di cui settecento erano cavalieri e duecento soldati di fanteria e, lasciati tutti gli altri a presidiare la zona di Roma, nominando Conone loro comandante, immediatamente fece vela per la Sicilia. Di là poi salpò, con l'intenzione di raggiungere il porto di Tarento. Tenne alla propria sinistra la località chiamata Scilla, dove i poeti dicono che sia vissuta Scilla. Ma non è vero che sia esistita una donna in forma di mostro, come essi dicono: è vero piuttosto che in quel mare, fin da tempo antico e ancora ai nostri giorni, è possibile trovare grande abbondanza di un pesce che una volta si chiama *scylax* e adesso si chiama *cynisco*. I nomi hanno sempre alla loro origine la funzione di indicare determinate cose, poi i vocaboli, divulgandosi tra le altre genti acquistano significati inesatti per ignoranza della loro vera accezione...»

Pochi fra gli ascoltatori erano in grado di intendere interamente le frasi che Demetrios pronunciava, ma il suono di quel greco era troppo raffinato per non affascinare tutti. Infine, quando Demetrios si dichiarò stanco, andarono tutti a dormire, e questa volta la notte fu davvero serena per tutti.

L'indomani il *chartoularios* si rimise in viaggio, portandosi l'atto burocratico e una saccoccia piena di regali: focacce con le olive, formaggi, pani di grano donatigli dai contadini. Prima di mettersi in arcione promise al prete e agli altri che lo avevano così bene accolto di far ratificare dal catepano in persona la fondazione del nuovo centro e di ritornare presto per controllare personalmente la crescita del centro fortificato. Fu salutato dalla benedizione del *papas* Giovanni e di tutti.

I due soldati suggerivano di far fuori subito Leone, il brigante superstite: non avevano voglia di trascinarselo appresso, perché a loro parere puzzava troppo e poi avrebbe rallentato il loro cammino. Ma il funzionario li zittì ammonendoli: «Bisogna che sia interrogato perché ci dica l'identità di quel traditore che ci ha ospitati per la notte. Dovrà essere condotto davanti a un tribunale e poi subirà la sua pena secondo giustizia. È stato già versato troppo sangue in questo luogo».

Ritornati indietro sino a *Palaiokastron*, il bandito prigioniero fu lasciato in custodia al *krites* [giudice] del luogo e confessò che il loro informatore era un tale Michele, cittadino otrantino che era riuscito in qualche modo a venire a conoscenza della missione del *chartoularios* e aveva organizzato tutta la messinscena.

«Ci aveva assicurato che avrebbe drogato il vino per farvi dormire pesantemente la notte in cui avremmo dovuto derubarvi ma, chissà perché, vi siete svegliati comunque!». Dietro la promessa di una pena meno dura Leone aggiunse pure che questo Michele si sarebbe rintracciato facilmente presso quella stessa taverna in cui Demetrios aveva cenato ad Otranto, e ciò fece fremere di sdegno il funzionario:

«Figlio di un agareno! Manderò dispacci ad Otranto per fagli tagliare le orecchie!».

Così Leone ebbe salva la vita ma fu avviato a divenire vogatore forzato. Demetrios, risolta anche questa incombenza, si apprestò a ripartire verso il promontorio finale del *Thema* di *Longobardia*, che i latini chiamavano *Apulia*, quando fu raggiunto da un giovane cavaliere che chiedeva di poter parlare col *chartoularios* Tricás.

Il messo indossava l'uniforme della guardia scelta del catepano e portava notizie importanti.

«*Kyr Demetrios*! Vengo direttamente in nome del *protospatharios* Boioannes! La guerra contro i ribelli è vinta», riferì il cavaliere fra il giubilo di quanti avevano potuto prestare orecchio. «Sia lode a Dio, come è accaduto? Come si comportò il catepano in battaglia e che fine hanno fatto Melo e i ribelli? Raccontaci tutto».

«Il giorno in cui si festeggia il santo martire Anania abbiamo ingaggiato battaglia su terreno piano. I nemici erano ferocissimi, ma le armate del nostro generale erano numerose quanto le stelle in cielo, le lance dei nostri armati sembravano un campo di grano ondeggiante, tanto erano fitte e lo schieramento compatto. In breve abbiamo ottenuto una vittoria completa, ci trovavamo nel luogo detto *Cannae*, dove Annibale aveva sconfitto le legioni di Roma e noi, adesso, abbiamo vendicato l'onore dei

Romani. Il traditore Melo si è tenuto in disparte durante la pugna ed è fuggito verso Settentrione. Suo cugino Datto si è invece rifugiato nella sua torre del Garigliano e i pochi mercenari superstiti dispersi. La pace è assicurata ovunque!».

Demetrios abbracciò il cavaliere, fece portare del vino e brindò insieme a lui alla vittoria, al catepano e alla gloria dell'imperatore.

Infine, presentendo già quale sarebbe stata la risposta, chiese al cavaliere imperiale: «Sei corso qui da me per avvisarmi solo di questo?».

«Perdonami, signore, mi era passato di mente. Il catepano richiede la tua immediata presenza a Bari, per condividere i festeggiamenti per la vittoria e per organizzare una pianificazione completa, militare e civile, dei confini settentrionali dei nostri domini. Sono giunto fin qui per scortarti, il più velocemente possibile, ad Otranto per poi imbarcarci verso Bari».

«Bene — replicò Demetrios, felice per la vittoria e lieto di poter incontrare così presto Boioannes — partiamo immediatamente. Però, giunti ad Otranto, dammi il tempo di prendere le mie cose e di consegnare i registri e gli atti del mio servizio in questi luoghi, di modo che chi mi sostituirà potrà continuare e completare la mia opera».

Il viaggio di ritorno sino ad Otranto fu in effetti molto più rapido del precedente, andarono quasi di corsa, senza alcun indugio. Giunto in città il funzionario registrò gli atti svolti nei suoi giorni di missione, si congedò dal "fidato" segretario Giorgio e dal *topoteretés* Stephanos e, raccolti i libri e tutto ciò che gli apparteneva, partì assieme al messo e ad altri funzionari e soldati – incluso Basilio, ormai sicuro di fare carriera nell'esercito – verso Bari, dove era atteso nel grande palazzo del *Praitorion* in cui risiedeva l'autorità catepanale.

Il primo atto che Demetrios volle compiere al suo arrivo a Bari fu rendere grazie a san Demetrio nella cappella dedicatagli all'interno dell'area del palazzo costruito con magnificenza pochi anni prima dal catepano Mesardonites. Solo allora, dopo aver compiuto ad un dovere che riteneva imprescindibile, raggiunse di nuovo il porto per assistere alla partenza verso Costantinopoli dei ribelli fatti prigionieri, abbattuti e scornati, testimonianza vivente della vittoria da inviare come regalo alla corte imperiale. Nei pressi del molo vi erano pure alcuni Normanni dall'aspetto irsuto legati con catene a braccia e piedi in attesa di conoscere il proprio destino. Nonostante fossero costretti in ceppi si sforzavano di mostrarsi comunque fieri.

Il catepano voleva tentare di portarli dalla propria parte per usarli come soldati, nel caso contrario avrebbe provveduto alla loro deportazione verso la capitale. «Non mi piacciono per nulla – ragionava fra sé e sé Demetrios osservandone le fattezze – Sono forti e ben fatti come i Varangi, ma sono più scaltri. Glielo si legge negli occhi, sono come leoni, quieti fino a quando è il momento di attaccare. Buoni soldati forse, ma saranno soldati fedeli se decideranno di passare dalla nostra parte? O approfitteranno della situazione per capire meglio come batterci in un'occasione più favorevole?»

Non ebbe il tempo di esporre le sue perplessità a qualcuno degli ufficiali perché le attenzioni di tutti furono rivolte verso un giovanotto dai capelli rossi che gridava e scalciava mentre veniva imbarcato come prigioniero, dichiarando a tutti di tenere a mente il suo nome, Romualdo, perché prima o poi sarebbe tornato in Italia per vendicarsi. Ottenne soltanto di essere preso a calcioni dai soldati prima di rotolare nella stiva fra risate e insulti dei marinai. Fra gli ufficiali che osservavano la scena qualcuno commentava: «Non sa quanto è stato fortunato, quel bellimbusto, ad andare a Costantinopoli vivo e tutto intero»; «Io gli taglierei la lingua e gliela metterei al collo», replicava un altro. «Vedrete cosa accadrà non appena Boioannes metterà le mani sui traditori Melo e suo cognato Datto, vedrete. Ha dichiarato pubblicamente che li chiuderà in un sacco e li butterà vivi in mare».

Dopo pochi giorni di riposo Demetrios fu subito coinvolto da Boioannes nella sistematica riorganizzazione della frontiera settentrionale, i cui confini, notevolmente rafforzati dopo la vittoria del catepano, erano però privi di protezione nell'eventualità che una forte armata fosse calata da settentrione. Non era uomo, il generale, da stare con le mani in mano rinchiuso negli agi del palazzo. Temeva le lungaggini burocratiche e i ricevimenti come la peste preferendo piuttosto muoversi all'aria aperta e conoscere i territori affidatigli.

«Hai visto, Demetrios, che ce l'ho fatta? A Costantinopoli ci sarà qualcuno che si sta rodendo l'anima per l'invidia, e forse hai capito a chi mi riferisco», il volto del catepano era finalmente libero dalle rughe delle preoccupazioni che lo avevano attanagliato durante il viaggio.

«Adesso che tutto sembra in ordine — domandò Demetrios a Boioannes — quali sono gli ordini? Marciamo verso Roma? Nessuno può contrastarci in questo momento».

«Al tempo. — rispose il generale, cavalcando lungo le vaste pianure dove si proponeva di fondare città e *kastra* — Occorre agire con moderazione e intelligenza. Prima di tutto rinsaldiamo i confini e portiamo la pace e la prosperità anche in questi luoghi, in modo che le città romane costiere, come Bari e Otranto, come Taranto e Brindisi e tutti i villaggi in cui vivono i cittadini dell'Impero, anche quello che tu hai fondato, Tricás, possano prosperare, rendendo così ricca la regione e sicure le coste dell'Epiro. Solo allora potrò muovere guerra per assicurare ancora la gloria dell'Impero dei Romani».

«Cosa comanda l'imperatore?» Domandò ancora il *chartoularios*, distratto dalla menzione della sua piccola impresa. Talvolta, soprattutto la sera, prima di assopirsi, si chiedeva in che modo il prete e gli altri avrebbero organizzato il villaggio che portava suo nome. Innalzava con la mente mura turrite e chiese, strade lastricate, case in pietra con camini fumanti.

Gli sarebbe piaciuto ritornare e ammirare laddove era avvenuta la sua piccola scaramuccia coi briganti una piccola città fiorente e organizzata. La città a lui dedicata!

L'avrebbe benedetta, e qui realmente sognava, come gli imperatori benedicevano Costantinopoli quando si imbarcavano per condurre una campagna militare: «Signore Gesù Cristo, mio Dio, metto nelle tue mani questa Tua città. Difendila da tutti i nemici e disgrazie in cui può incappare, dalla guerra civile e dalle incursioni dei nemici. Fa che sia inespugnabile e inattaccabile, poiché abbiamo posto in Te le nostre speranze. Perché Tu sei il Signore della misericordia e Padre della compassione e Dio di ogni supplica, e Tuo è il potere di grazia e salvezza e liberazione da ogni tentazione e pericolo, ora e sempre nei secoli dei secoli, amen». Faceva così vagare la mente, ma la voce di Boioannes lo riportò alla realtà.

«Ho ricevuto una lettera vergata da Sua Maestà in persona, minutamente scritta col suo magnifico inchiostro purpureo», rispose non senza compiacimento il generale. «Si congratula del felice esito della battaglia, che ha messo a tacere certe lingue malevole sulla mia competenza, e mi esorta senza indugio a continuare nel mio incarico, dandomi molte istruzioni dettagliate».

Il giovane funzionario sgranò gli occhi per lo stupore «Come mi piacerebbe vedere la grafia imperiale! Mi è concesso sapere quali sono le direttive che vi sono indicate?»

«Lo sguardo del sovrano adesso è volto verso la Sicilia. Per troppo tempo gli ismaeliti hanno calcato il piede su quell'isola, costringendo i cittadini romani alla fame e all'esilio. Molti sono fuggiti in Calabria e in *Longobardia* e tante illustri città, come Siracusa la grande, sono andate in rovina. Quei predoni, mai sazi di bottino, menano gran vanto di possedere l'isola più bella del Mediterraneo e ancora verranno a razziare, se non li scacceremo una volta per tutte. Ma ora i tempi sono cambiati e l'Imperatore Basilio, che Dio gli conceda molti anni, intende imbarcarsi di persona con innumerevoli milizie alla volta dell'Italia e tu sai bene che la sua presenza è garanzia di vittoria. Solo così, credo, i nostri possedimenti italiani non correranno il rischio di essere aggrediti da due direzioni diverse».

«Molti anni a Basilio, grande *Basileus* e *Autokrator* dei Romani» Esclamò Demetrios, intonando il saluto benaugurale usato negli anniversari dell'incoronazione dell'Imperatore.

«Molti anni!» risposero all'unisono i cavalieri del seguito del catepano.

«Per mezzo delle tue vittorie, Basilio porfirogenito, gli scettri dei Romani si sono rinsaldati e i nemici tremano sentendo il tuo nome. Lotta, prospera, regna!» Riprese il generale, incitando il cavallo a proseguire verso il colle dove intendeva porre un suo avamposto.

---

Mentre Demetrios era ormai lontano, occupato in faccende ben più importanti, il prete Giovanni non era rimasto a guardare, sfoderando un senso dell'iniziativa insospettabile fino ad allora. Immediatamente dopo la partenza del funzionario bizantino si era messo in moto, spingendo quasi fisicamente i contadini a darsi da fare:

«Non perdiamo tempo! non siate i soliti tiratardi, questa è la svolta della vostra vita, e guai a chi si attarda per pigrizia!».

Egli stesso si era messo in marcia. Aveva bussato ad ogni porta dei casali del circondario e radunato un discreto numero di capi famiglia. «Se qualcuno di voi non si presenta all'appuntamento nel giorno e nell'ora stabiliti (dannata sia la vostra atavica accidia), non sarà ammesso all'assemblea!».

In questa maniera era riuscito a mettere insieme una specie di assemblea improvvisata presso la propria dimora. La buona sorte che era loro capitata imponeva tuttavia moderazione e discrezione. Non si doveva correre il rischio di far finire ogni risorsa che potevano ottenere nelle mani di funzionari disonesti o di carpentieri imbroglioni che esistevano pure in quelle contrade, più ladri degli stessi briganti. Un paese che si rispetti non nasce costruendo case disposte senza un fine preciso, occorre impostarle secondo un qualche criterio di utilità comune.

«Appena possibile partirò con alcuni di voi per riscuotere i denari a *Palaiokastron* e reclutare manovalanze di comprovata esperienza. Servirà anche un architetto per le mura. Sarà un villaggio piccolo ma ben fatto, non dovrà mancare nulla. Detto ciò non dimenticheremo mai la magnanimità del signore che ha concesso a tutti noi questa fortuna».

«Mai! — rispose convinto uno dei presenti — La benevolenza che ci è stata tributata resterà sempre impressa nella memoria nostra e dei nostri figli nei secoli dei secoli. Preghiamo per la sua salute augurandogli molti anni!».

Demetrios non tornò più a visitare quei luoghi e non sappiamo come proseguì la sua carriera quando fu richiamato a Costantinopoli assieme al vittorioso catepano Boioannes 10 anni più tardi. Le cose infatti andarono diversamente, sia per le speranze del catepano sia per la riconoscenza dei fondatori del nuovo villaggio, ma questa è un'altra storia.

Quattro secoli più tardi, nel 1455, l'arciprete di Tricase Loisius riceveva la visita del vicario generale dei Domenicani Alessandro di Otranto, giunto in paese per visitare il nuovo convento del suo rodine monastico sito appena fuori le mura del piccolo borgo. Fra i due intercorreva una sincera amicizia, fondata sulla comune passione per la lettura dei testi patristici.

Dopo aver pregato insieme nella bella chiesa del Convento fornita di tre navate e soffitto a lacunari, si ritirarono sul terrazzo della casa di Loisius. L'arciprete consegnò in prestito al legato domenicano un manoscritto in greco contenente le omelie di San Gregorio Nazianzeno, mentre il domenicano ne registrava il prestito su un altro manoscritto di San Giovanni Damasceno sulla retta fede ortodossa, che Loisius gli aveva prestato in precedenza.

«Siamo veramente pochi ormai qui — cominciò sconsolato Loisius — a conoscere e a saper leggere la lingua dei Greci, che pure in queste contrade avevano molte chiese e trascrivevano tante opere sacre e profane. E né io, né nessuno di quelli è greco per stirpe. Sembra quasi una beffa che i sapientissimi testi dei padri orientali siano letti solo dal clero latino».

«Sì — rispose Alessandro — qui da voi nella Diocesi Leocandense ormai sono poche le persone che parlano il greco, e sono per la maggior parte contadini analfabeti. Se vuoi cercare qualche greco istruito devi recarti a Montesardo, dove ci sono ancora copisti in gamba, oppure a Soleto o a Nardò, e soprattutto a Casole, vicino ad Otranto, dove, come sai, i buoni monaci ancora scrivono preziosi volumi e preservano la loro ben munita biblioteca».

Il domenicano si acciglio. «Quei bravi monaci saranno pure degli scismatici, ma sono tutto ciò che resta di vivente nella memoria sbiadita di un'epoca tramontata, come tutte le pitture piene di colori delle cripte greche, sempre più evanescenti, corrose dal tempo e scialbate da chierici ignoranti».

«È un mondo che va spegnendosi con lentezza, ma inesorabilmente. — commentò amaro il domenicano, mentre i due, terminato di pranzare, passeggiavano placidamente sotto il sole primaverile vicino alle mura del borgo — Adesso che Costantinopoli è caduta sotto il giogo degli empi Ottomani (Dio ci perdoni di non aver voluto far nulla per evitare la catastrofe) le cose andranno di male in peggio. Non ci vorrà molto, vedrai, che i maomettani passeranno la sponda adriatica e verranno a mietere morte anche qui da noi, mentre i cristiani non pensano altro che al commercio e a scannarsi per vane gelosie».

«Iddio non voglia! Ci aspettano prove terribili e noi non sappiamo nemmeno tenere salde le nostre tradizioni dimenticando quali sono le nostre origini. — riprese Loisius segnandosi con la Croce — Nessuno, nessuno fra qualche tempo, soprattutto fra coloro che si vantano di sapere, che poi sono i peggiori, avrà la consapevolezza dell'esistenza millenaria di un Impero greco a Levante! Un nome che corre sulle labbra degli sciocchi, questa è la gloria degli uomini».

I due religiosi camminarono per un po' in silenzio, probabilmente considerando quali prove Dio riserva agli uomini. Infine, con voce più serena rispetto al dialogo precedente, l'arciprete riprese a parlare, guardando in direzione del mare: «Fermiamoci e riposiamo un po', padre Alessandro, voglio farti conoscere una storia – la vera storia – di come fu fondato questo paese, come amava raccontarmela un mio vecchio amico nelle lunghe serate invernali. A lui l'aveva raccontata sua nonna, mi diceva, la quale era fiera di avere la possibilità di poterla tramandare anche se ormai non ricordava bene tutti i nomi, anzi, ne storpiava parecchi, soprattutto quelli greci. Ma io ho fatto le mie ricerche, perché per tanto tempo ho sognato battaglie e imboscate notturne e ho aiutato il mio amico a ricostruire i fatti che mi raccontava accordandoli con le fonti».

«Mi stai facendo incuriosire don Loisius! – esclamò padre Alessandro interessato – Ma ora smettila di girare intorno alla questione e narrami una buona volta questa storia di battaglie e imboscate che tanto ti ha fatto sognare!»

L'arciprete si mise a ridere. «Hai ragione. Ora te la racconto, ma sappi che bisognerà metterla per iscritto, perché gli abitanti di questo paese non ricordano più chi fondò e diede il nome alla loro patria. Pensa, mio caro amico, si sono fatti convincere che *Tricase* derivi dall'unione di chissà quali tre casali ubicati qui intorno…».

# Annotazioni

*Nella scelta dei nomi di personaggi immaginari si sono scelti quelli più diffusi nell'antroponimia del tempo. Non conoscendo nulla dell'aspetto del Catepano Boioannes e neppure che età avesse al momento del suo arrivo in Italia – l'esiguità delle fonti è talora scoraggiante! – si è preferito evitare qualunque descrizione fittizia della sua persona, ciò consentirà quantomeno al lettore di esercitare la fantasia cercando di dar corpo al grande generale con la propria intelligenza.*

*I nomi greci sono stati traslitterati letteralmente e non foneticamente. Si tenga comunque presente che la pronuncia bizantina era sostanzialmente simile a quella neogreca attuale. Si è preferito dunque scrivere Demetrios e non Dimitrios (come vorrebbe la pronuncia bizantina), Boioannes e non Vioannis, Palaiokastron e non Paleokastron. Ricordiamo che i Bizantini non adoperavano tale termine coniato secoli dopo la caduta dell'Impero e chiamavano sé stessi* Romei *e il loro stato* Romània *o* Basileia ton Romaion, *cioè Impero dei Romani e l'imperatore di Costantinopoli si considerava erede diretto di una linea di successione che passava da Costantino risalendo sino ad Augusto.*

***Etimologia:*** *il primo studioso a mettere in dubbio l'etimo del nome di Tricase, popolarmente fatto risalire a un* Tres casae *(che avrebbe generato un toponimo "Trecase") o a un* Inter casas, *(che avrebbe* *avuto come esito "Tracase"), è stato Gerard Rohlfs nell'opera* Nuovi scavi linguistici nell'antica Magna Grecia *(1972).*

**Tricás**: *La famiglia Tricás (Τριχᾶς) è attestata in Italia meridionale in un documento del 1283, ove è nominato un* Basilios Tricasi. *I Tricades erano una famiglia dell'aristocrazia burocratica bizantina. Ebbero funzionari civili ed ecclesiastici anche di rango elevato. L'attestazione più antica a noi nota di questo patronimico è un Commentario sull'*Enchiridion *di Efestione di Alessandria del VII secolo firmato dal* grammatikós *Tricás, probabilmente un professore di insegnamento mediano. Possediamo il sigillo del* sebastós (titolo di alto livello nella gerarchia civile) *Michele Tricás, databile fra la fine del XI e l'inizio del XII sec, mentre un Giovanni Tricás è il destinatario di 8 delle* Lettere teologiche *di Michele Glykas, letterato nato a Corfù e vissuto durante il regno dell'imperatore Manuele I Comneno (1143-1180). Non sappiamo se si tratti dello stesso Giovanni il cui sigillo con l'immagine di san Giovanni Battista è conservato presso il Centro di studi bizantini* Dumbarton Oaks *di Washington in cui è raffigurato san Giovanni Battista con la dicitura* Ἰωάννην, Πρόδρομε, Τριχᾶν με σκέποις *[Precursore, bada a Giovanni Tricás].*

**L'invocazione alla Vergine:** *La preghiera recitata dal protagonista è un esametro dattilico che compare in un* milaresion *(moneta d'argento) di Romano III Argiro (1028-1034), che è* *presente nel racconto come eparco di Costantinopoli (il governatore civile della città), carica che ricopriva prima di essere nominato erede ed imperatore da Costantino VIII nel 1028.*

**La benedizione delle bandiere:** *La cerimonia della benedizione delle bandiere e il successivo discorso del comandante nell'imminenza della partenza di una flotta sono descritte nel XIX libro del trattato conosciuto con il nome di* Leonis imperatoris tactica, *scritto dal* basileus *Leone VI il saggio.*

**Basilio Boioannes:** *Il catepano (προτοσπαθάριος κατεπάνω 'Ιταλίας) Basilio Boioannes fu inviato dall'Imperatore Basilio II in Italia nel dicembre del 1017 in sostituzione di Tornikios Kontoléôn e rimase in carica fino al 1028, quando fu richiamato a Costantinopoli, probabilmente da Romano III. Il primo ottobre 1018 sconfisse duramente a Canne l'esercito formato da Longobardi e Normanni agli ordini del ribelle barese Melo, che riuscì a fuggire e a rifugiarsi alla corte dell'Imperatore germanico Enrico II, presso il quale morì a Bamberga nel 1020, mentre Datto fu catturato da Boioannes nel 1021, esposto al pubblico dileggio su di un asino per le vie di Bari e mazzerato (ovvero chiuso in un sacco e gettato in mare). Della battaglia Amato di Montecassino scrive:* «Il campo fu pieno della moltitudine dell'esercito dell'imperatore. Si videro lance molto fitte, come le canne sul luogo che crescono [...]. La moltitudine degli uomini dell'imperatore vagava per il campo come le api quando* *sciamano dal loro alveare, quando è pieno».* Mentre l'Anonimo Barese *riporta:* «Mill. XVIII. Ind. I. Descendit Basilius Bugiano Catepanus et Abalanti Patricio. Et factum proelium in Trane mortuus est [...] Johannicium protospatharius et Romoaltus captus est Constantinopoli. Mill. XIX. Ind. II. Fecit proelium Bugiano catepanus cum Franci in Canai, et vicit. Mel fugit, et ibit ab Enrico Imperatore» [*1018 Ind. I. Giunse il Catepano Basilio Bugiano e il patrizio Abalanti. E fu ucciso in battaglia a Trani [...] Ioannikios protospatario e Romoaldo fu deportato a Costantinopoli. 1019, Ind. II. Il Catepano Bugiano combatté contro i franchi a Canne e vinse. Melo fuggì e si rifugiò presso l'imperatore Enrico*].

*La memoria dell'operato di Boioannes è serbata nel nome "Capitanata", le cui città principali, fra le quali Troia, furono fondate dal catepano in persona. Boioannes ristabilì in maniera autorevole l'autorità imperiale nell'Italia meridionale. Nel 1024, adoperando i soldati del catepanato, attraversò l'Adriatico e invase la Croazia, catturando Patricissa, la moglie del re Kresimir III e portandola a Bari, da dove la trasferì insieme a suo figlio a Costantinopoli. Col suo avvicendamento nel 1028 cominciò l'erosione della dominazione bizantina in Italia. Non sappiamo cosa avvenne di lui al suo ritorno in patria, né sappiamo nulla del suo aspetto e della sua origine. È probabile che un suo successore nella carica di catepano fra il 1041 e il 1042, Exaugusto Boioannes, fosse suo parente se non il figlio. Nel 1030, Theodulos Boioannes, che potrebbe essere un altro parente, o più facilmente un suo beneficato che ne assunse il cognome, fondò il monastero di san Filippo τοῦ Βουγηάννη nella diocesi di Vibo Valentia.*

**Basilio II:** *L'imperatore Basilio II morì il 15 dicembre del 1025 dopo aver portato il titolo imperiale per ben 50 anni e aver sottomesso l'intera Penisola balcanica e aver esteso i possedimenti orientali sino all'attuale Georgia. La morte lo sorprese mentre si apprestava a partire per la conquista della Sicilia, coronamento di un regno di grandi conquiste. Non avendo avuto discendenza, il successore al trono fu suo fratello minore Costantino VIII, il quale abortì i preparativi per la campagna già impostata.*

**Logothetes tou genikoù** *(λογοτεθὴς τοῦ γενικοῦ): A capo delle finanze si trovava il* logoteta, *letteralmente "colui che impartisce gli ordini" – del* genikón, *preposto al controllo e alle esazioni dell'imposte di base e la cui giurisdizione fiscale si estendeva su tutto l'impero.*

**Il chartoularios** *(χαρτουλάριος): era il funzionario responsabile del catasto. I cartulari vengono menzionati con buona frequenza nelle formule di immunità dei diplomi dei funzionari bizantini nell'Italia meridionale del IX, X e dell'inizio del XI secolo.*

***L'eparco di Costantinopoli:*** *Nel campo degli affari giudiziari la carica più elevata era quella dell'eparco* [ἔπαρχος τῆς Πόλεως] *che, mantenuta la maggior parte delle competenze dell'antico* praefectus Urbis, *non solo occupava il primo posto nella gerarchia degli ufficiali civili, ma nel* Taktikón *compilato da Filoteo, precedeva gli strateghi dei* Themata *occidentali. Ciò non deve stupire dal momento che il suo potere amministrativo a Costantinopoli era inferiore solo a quello del* basileus.

***Il discorso di Boioannes:*** *La citazione inserita nel discorso all'esercito del Catepano è tratta dalle* Δημηγορίαι προτρεπτικαί *(Discorsi di guerra) di Siriano. Erano infatti fondamentali nella formazione di un comandante lo studio dei numerosi manuali di strategia e di tattica che circolavano all'epoca.*

***La condotta militare di Basilio II:*** *La citazione di Basilio II sulla necessità di combattere in ogni stagione fino al raggiungimento della vittoria è tratta dalla* Χρονογραφία *(Cronografia) di Michele Psello.*

***I consigli paterni:*** *I consigli di Niketas al figlio Demetrios sono tratti dallo* Στρατηγικόν *(Strategikon) di Cecaumeno.*

***Le chiese di Otranto:*** *La chiesa di San Pietro ad Otranto risale, secondo gli ultimi studi, alla fine del X secolo ed era sita nel* *punto più elevato della città bizantina. Non vi sono prove che essa fosse la chiesa del* Praitorion *(il palazzo del governo), come sostenuto da alcuni storici dell'arte. La cattedrale, del VI secolo, era situata in posizione più decentrata e distante dalla sede dell'attuale basilica normanna.*

**Il dentifricio:** *La preparazione della polvere dentifricia usata dal protagonista è contenuta in un prontuario terapeutico bizantino contenuto nel Cod. grec. 764 nella Bibliothèque Nationale di Parigi.*

**I Veneziani:** *Nel 992 i Veneziani avevano ottenuto attraverso un chrysoboullon dell'imperatore Basilio II la concessione di commerciare negli scali pugliesi. Con questo accordo, trascritto nel nel ms. miscellaneo* Codex Trevisaneus, *conservato nell'Archivio di Stato di Venezia, venivano loro concessi privilegi commerciali sulle piazze di Costantinopoli ed Abydos, mentre il doge Pietro II Orseolo (991-1009) prometteva in cambio assistenza navale per le spedizioni navali bizantine in Italia* «cum prompta voluntate indefessis servitiis quem forsitan ambulat nostrum imperium in Longobardiam dirigere, illius varicationes operare cum suis navigiis, et nullam ocasionem aut mormorium in isto facere servitio».

**Il Longibardo:** *Le* Παρεκβόλαια περὶ συντάξεως καὶ ἀντιστοίχων πάνυ ὠφέλιμα τοῦ σοφωτάτου ἀνδρῶν

Λογγιβάρδου, *ovvero* Divagazioni sulla sintassi e l'ortografia di grande utilità del più saggio fra gli uomini, il Longibardo *sono un manuale di grammatica greca di un autore bizantino proveniente dalla Longobardia (nome che i Bizantini davano alla Puglia) vissuto secondo alcuni nei primi anni del XI secolo. Ebbe una certa risonanza anche in abito costantinopolitano, ma fu trattato con ironia dalla colta principessa Anna Comnena, quale opera di dubbia correttezza e utilità.*

**Il commercio della seta:** *Nel Catepanato d'Italia era diffusa la coltura del gelso e del baco da seta soprattutto in Calabria e in Puglia. Le tele di seta di Otranto sono esaltate nelle canzoni francesi del XII e del XIII secolo. Soprattutto nella prima metà del secolo XI il volume della ricchezza del Catepanato d'Italia raggiunse una eccezionale consistenza, in seguito alla diffusione dell'allevamento del baco da seta. Un documento di archivio, l'inventario della chiesa metropolitana di Reggio Calabria ha permesso di calcolare che il* Thema *di Calabria, verso la metà del XI secolo, produceva ben 4 milioni di* nomismata *in seta grezza. Una somma elevatissima, apri ad un quarto del tesoro che Basilio II, morendo nel 1025, lasciò nelle casse dello Stato (un tesoro enorme, tanto che la rivista finanziaria statunitense Forbes inserì Basilio II fra i 10 uomini più ricchi di tutti i tempi). Ciò spiega l'alto tenore di vita della popolazione dell'Italia bizantina e gli appetiti che si destarono nei Normanni sin dal loro primo contatto con la realtà italiana.*

**L'arcivescovo Nicola**: *L'arcivescovo e metropolita di Otranto Nicola (o Niketas) firmò due* hypomnemata *del Patriarca di Costantinopoli Alessio fra il novembre 1027 e il gennaio 1028.*

**Ugento:** *Ugento fu assalita e depredata dall'emiro Sawdan nell'876. I suoi abitanti furono fatti prigionieri e venduti sulla piazza di Cartagine. Per riparare al depauperamento della zona Basilio I fece ricostruire Gallipoli attorno all'800, colonizzandola con abitanti tratti da Eraclea Pontica, città della Bitinia. Lo storico bizantino Giovanni Skylitzes nella sua* Synopsis Historiòn *aggiunge che «ciò spiega il motivo per cui ancora oggi gli abitanti (di Gallipoli) hanno gli stessi usi, costumi e istituzioni politiche dei Romani».*

**I leliuri**: *sono un genere demoniaco descritto da Michele Psello nella sua celebre opera* De Operatione Daemonum (Περὶ ἐνεργείας δαιμόνων).

**Kastellion:** *Il termine* kastellion (καστέλλιον) *indica sia un rifugio cinto di mura, più o meno grande, in cui si ritiravano contadini e monaci in caso di attacco nemico, sia un piccolo insediamento urbano cinto da mura.*

**Il soldato Basilio:** *Basilio* τοῦ Κρομμύδου λωρικᾶτος καὶ πρωτομανδάτωρ ἐπὶ τῶν βασιλικῶν ἀρμαμέντων [lorikatos *e*

protomandator epì ton Basilikon armamenton] *da
Costantinopoli ricevette dal catepano Boioannes una casa in dono nei
dintorni della chiesa di S. Maria de Metizza a Bari per i suoi servigi,
come risulta dall'atto di vendita della stessa casa redatto da Basilio 10
anni più tardi, quando ottenne dal catepano Pothos Argyros di
ritornare nella sua città natale.*

**La paparina:** la παπαρίνα, *la caratteristica pietanza a base di
piante di papavero e olive nere è citata nel Lessico medico italo-greco
inserito nel codice* Holkhamianus graecus 112 *della prima metà
del XII sec., conservato nella Bodleian Library di Oxford.*

**L'inverno del 1009:** *la stagione fredda del 1009 fu una calamità
per tutto il territorio imperiale. Giorgio Cedreno, storico del XI secolo,
riporta nel libro II della sua* Σίνοψις ἱστοριῶν *(Storia Universale)
che gli ulivi del Catepanato furono in gran parte annientati dal gelo.*

**Giovanni Pankitzés:** *il prete Giovanni Pankitzés è citato in
un'iscrizione votiva del 1055 nella cripta di santa Cristina a
Carpignano.*

**I 60 nomismata:** *è stato calcolato che gli stipendi annuali
dell'amministrazione statale partissero da 72 nomismata per arrivare
a 3.500. Il nomisma era la moneta aurea bizantina.*

**San Demetrio** *fu, secondo alcuni, il primo patrono di Tricase.*

**Scilla e le mutazioni etimologiche:** *il passo letto da Demetrios – era la norma leggere i libri ad alta voce, anche quando si era da soli – è tratto dalla* Guerra Gotica, III, 27 *di Procopio di Cesarea.*

**Romualdo da Bari:** *Romualdo, dopo la battaglia di Canne, fu imbarcato come ostaggio da Bari verso Costantinopoli. Ritornato nel capoluogo pugliese nel 1045, grazie all'amnistia concessa dal catepano Eusthatios Palatinos, si oppose all'entrata in città di Argyros, nuovo governatore imperiale in Italia. Dopo aver fallito in questa impresa fu di nuovo condotto a Bisanzio in catene assieme a suo fratello Pietro.*

**Chiesa di san Demetrio a Bari:** *Nella Corte del palazzo del catepano di Bari (Πραιτώριον) erano site, secondo il modello del palazzo imperiale di Costantinopoli, varie chiesette, dedicate a S. Demetrio, S. Eustrazio, S. Sofia, S. Basilio, S. Stefano e S. Gregorio. L'unica a non essere abbattuta assieme al palazzo per costruire l'attuale Basilica di San Nicola fu quella di S. Gregorio, edificata sul finire del X secolo e tuttora esistente.*

**La preghiera per la salvezza della città** *recitata da Demetrios è ripresa dal trattato di Costantino VII Porfirogenito (il nonno di Basilio II)* "Su cosa deve essere osservato quando il grande Imperatore dei Romani muove in guerra", *vv. 325-331. Quando l'imperatore, allontanatosi in nave da Costantinopoli con il suo esercito, si volgeva verso la città per benedirla con la vibrante preghiera il cui testo originale riportiamo di seguito:* « Κύριε Ἰησοῦ Χριστέ, ὁ Θεός μου, εἰς χεῖρας σου παρατίθημι ταύτην τὴν πόλιν σου. φύλαξον αὐτὴν ἀπὸ πάντων τῶν ἐπερχομένων ἐν αὐτῇ ἐναντίων καὶ δυσχερῶν, ἐμφυλίου τε πολέμου καὶ ἐθνῶν ἐπιδρομῆς. ἀνάλωτον αὐτὴν τήρησον καὶ ἀπόρθητον, ὅτι ἐν σοὶ τὰς ἐλπίδας ἡμῶν ἀνεθέμεθα, καὶ σὺ εἶ κύριος τοῦ ἐλέους καὶ πατὴρ τῶν οἰκτιρμῶν καὶ Θεὸς πάσης παρακλήσεως, καὶ σόν ἐστι τὸ ἐλεεῖν καὶ σῴζειν καὶ ῥύεσθαι ἐκ πειρασμῶν καὶ κινδύνων νῦν καὶ ἀεὶ εἰς τοὺς αἰῶνας τῶν αἰώνων. ἀμήν».

**Louisius e Alessandro:** *l'incontro fra l'arciprete Loisius e il domenicano Alessandro è realmente avvenuto a Tricase nel 1455, come attestato per mano dello stesso Alessandro nel codice* Paris. Gr. *1165, conservato nella Bibliothéque Nationàle de France a Parigi, che contiene l'*Expositio Orthodoxae Fidei *di Giovanni Damasceno:* «Ego frater Alexander de Ydronto sacre theologie professor ac generalis vicarius in natione hac Ydronti ordinis predicatorium fateor mutio recepisse a domino Loysio archipresbitero Tricasino Gregorium Nazazynum in parvo volumine».

*__I libri nel Capo di Leuca:__* *la produzione libraria di testi di lingua greca in Terra d'Otranto si è segnalata per l'alta qualità dei suoi prodotti e per essere rimasta fiorente per secoli dopo la fine della dominazione bizantina in Italia. Nel 1491 Giano Lascaris, docente di greco a Firenze e bibliotecario di Lorenzo il Magnifico, acquistò diversi volumi greci a Montesardo.*

*__Il Convento:__* *il convento dei Domenicani di Tricase è descritto nelle sue forme precedenti quella attuale nella visita pastorale del 1628:* «Ecclesia lacunari contegitur, tribus navibus constat, quae columnis coementitiis distinguuntur; eius parietes qua parte depicti non sunt dealbati sunt, pavimentum vero nullibi est prominens aut defossum».

*Questo breve racconto non vuole essere altro che un'opera di fantasia fondata esclusivamente sull'assonanza del nome di famiglia greco Τριχᾶς e il toponimo Tricase. A dispetto di ciò, ogni riferimento a fatti realmente accaduti e a persone realmente esistite è del tutto intenzionale, poiché quasi tutti i personaggi hanno vissuto e operato nell'epoca illustrata nella narrazione e nei luoghi in cui si svolge.*

*Se pure la derivazione dell'etimo è una fantasia dell'autore, ciò non vuol dire che essa sia del tutto peregrina. L'inesistenza delle fonti non può fornire alcuna sicurezza a riguardo, ma è anche vero che le etimologie di uso corrente non possono essere in alcun modo soddisfacenti; né si può prestare fede a mappe come quella famosa del Vaticano, poiché stilate da cartografi che non conoscevano il territorio con minuziosa sicurezza e tendevano ad italianizzare i toponimi. Il fatto che nei documenti più antichi il paese non sia mai citato come* Tres casae *dovrebbe generare riflessioni più approfondite. Ricordiamo, come esempio fra molti, il documento del 1291 tratto dal vol. II della* Storia della Città di Barletta con corredo di Documento. Libri Tre *di Sabino Loffredo, in cui si attesta che* «Angelus de Castillia habitator Baroli tenet in Terra Ydronti pheodum unum in Casale quod dicitur Tricase, nescitur tamen si teneat illud in capite a Curia Regia, vel ab alio». *Lo stesso stemma comunale con tre case si ispira ad alcuni emblemi presenti in monumenti cittadini che non possono far testo, perché decisamente tardi.*

*Nel racconto si narrano le vicende di un piccolo lembo di territorio nel bel mezzo di dinamiche che coinvolgono uno scenario ben più ampio dello stesso Mediterraneo. La vicenda dell'atto di fondazione è chiaramente un'invenzione di sana pianta dell'autore, come pure è di pura fantasia la figura del protagonista della vicenda. L'autore tuttavia ha cercato di ambientare il suo scritto all'interno di un momento storico ben definito, inserendo quanto più possibile fatti e personaggi realmente esistiti in quegli anni.*

*Nelle zone meno popolate del Sud Italia gli abitanti vivevano soprattutto in piccoli nuclei sparsi, come era normale in contrade di bassa densità demografica e dalle limitate risorse idriche. Si moltiplicavano nelle nostre zone i* casalia, *secondo la denominazione latina, piccoli abitati creati da un'autorità civile per inquadrare una comunità agricola sparpagliata, talvolta intorno a un monastero o una chiesa isolata. In effetti molte delle aree a bassa densità urbana, come il Basso Salento dell'epoca, erano anche delle frontiere politiche minacciate da scorrerie occasionali, come quelle dei Saraceni, che potevano non solo limitarsi a razziare le coste, ma penetrare in profondità nel territorio. Allora è chiaro il motivo per cui le autorità imperiali permettevano o sollecitavano la fondazione di agglomerati rurali fortificati, in latino* castra *o* castella, *in greco* kastellia. *La fondazione di un villaggio non era una cosa semplice: non sempre le cose andavano a buon fine, poteva prosperare, come pure poteva estinguersi velocemente, poiché spesso gli abitanti radunati non avevano ampie risorse economiche su cui contare. Era importante quindi la scelta del sito, che non poteva essere frutto di una scelta casuale.*

*Nel periodo che va dal 976 al 989 ogni possibile intervento bizantino in Italia era apparentemente inattuabile poiché non vi erano contingenti militari disponibili da inviare a causa delle ribellioni dei generali Bardas Skleros e Bardas Phocas contro il giovane imperatore Basilio II. Così le incursioni arabe dalla Sicilia cominciarono a ripetersi con cadenza pressoché annuale non solo in Calabria, ma anche in Puglia. Gravina fu saccheggiata nel 976, Oria nel 977, Gerace nel 986 e Cosenza l'anno successivo. Le campagne di Bari subirono razzie nel 988 con la cattura di molti contadini. L'Italia meridionale era quasi abbandonata a sé stessa, e le forze bizantine erano assolutamente insufficienti. Da qui nacque una certa sfiducia verso gli imperatori lontani che non facevano nulla per ristabilire l'ordine e impedire le scorrerie nemiche e cominciò a germinare l'idea di un governo indipendente da Costantinopoli.*

*Una breve ripresa dell'iniziativa militare bizantina si ebbe dopo l'uccisione dei principi longobardi di Capua e Benevento nel 982 per mano degli Arabi. Il catepano imperiale, Kalokyros Delphinas, approfittò della debolezza longobarda per annettere i territori della Puglia settentrionale. A partire dal dicembre 982 i documenti civili delle città di Ascoli Satriano, Lucera e poi Lesina vengono datati con l'anno di regno degli imperatori Basilio II e Costantino VIII.*

*L'intervento dell'imperatore germanico Ottone II, sconfitto il 13 luglio dalle forze islamiche dell'emiro di Sicilia, Abū 'l-Qāsim presso Crotone e costretto alla fuga, non risolse la situazione, anzi contribuì ad ingarbugliarla ulteriormente.*

*Concluse vittoriosamente le guerre civili, Basilio II decise di occuparsi della sottomissione dei Balcani a scapito dei Bulgari in una sanguinosa guerra che lo impegnò per venti anni. Tutte le forze dell'Impero furono impegnate in questa lunga lotta e così, giocoforza, fu impossibile inviare forze fresche nei traballanti domini italiani per quantomeno arginare le razzie saracene che flagellavano le coste italiane. In quel periodo, forse esagerando un po', si racconta che solo Rossano, fra tutte le città calabresi era l'unica ad aver resistito alle forze arabe.*

*Ma anche i restanti possedimenti bizantini furono colpiti da quel flagello. I Saraceni, guidati da un cristiano rinnegato, Luca Kàfiros, si insediarono nelle alture presso Pietrapertosa, in Basilicata, e da lì partivano a depredare i territori della Puglia. Nel 1002 forse lo stesso Luca assediò da maggio a settembre Bari, che non capitolò solo grazie all'intervento navale del Doge di Venezia, Pietro II Orseolo, chiamato in soccorso dallo stesso Basilio II. Una difficoltà ulteriore si ebbe nel 1005, quando i Bulgari occuparono momentaneamente Durazzo, principale porto di collegamento per Otranto. Quattro anni più tardi, infine, ebbe inizio la prima ribellione di Melo, nel corso della quale morì il catepano Giovanni Kourkuas, appartenente a una importante famiglia bizantina. Non sappiamo quali fossero i propositi dichiarati del notabile ribelle, ma il fatto che questi fosse in seguito nominato dal sovrano germanico Enrico II* dux Apuliae *e avesse come modelli i ducati semibizantini di Amalfi e Venezia, lascia intendere che volesse creare una sorta di stato indipendente incentrato su Bari e il commercio marittimo.*

*Da Costantinopoli fu inviato un nuovo catepano, Basilio Mesardonites che dopo due mesi di assedio riuscì a riprendere il capoluogo pugliese, facendo fuggire Melo nel territorio di Capua, inseguito da Mesardonites. Due anni dopo troviamo Melo rifugiato presso la corte del principe di Salerno, con il catepano che ne richiedeva invano l'estradizione a Bari.*

*Mesardonites costruì presso il porto della città pugliese il palazzo fortificato del governo, il* Πραιτώριον, *per essere poi sostituito nel 1016 da Tornikios Kontoléôn, personaggio di stirpe importante, ma non all'altezza del suo nome. In quello stesso anno Melo ritornò all'attacco con l'appoggio di nuovi alleati, i Normanni. È in questo momento, quando sembrava che la ribellione di Melo stesse avendo successo che incomincia la vicenda narrata nel racconto.*

*Intorno al dominio dell'Italia Meridionale di 1000 anni fa ruotavano gli interessi dell'Impero d'Oriente, l'impero romano cristiano di lingua e cultura greca che oggi appare colpevolmente messo in disparte dal mondo "culturale" italiano e invece allora al culmine di una lunga fase di espansione territoriale e in grande crescita economica. Grazie all'influenza dello Stato bizantino muovevano verso la Puglia tutti gli eterogenei popoli che riconoscevano la sua sovranità, dagli*

*Armeni ai Russi. Allo stesso modo vi volgevano i propri interessi anche i rivali dell'Impero orientale: il Califfato arabo, che usava la Sicilia come ponte per le costanti razzie delle coste, flagello endemico per gli abitanti di Calabria e Puglia; gli Stati italiani e l'Impero romano germanico, che a più riprese aveva tentato di insignorirsi delle provincie bizantine e infine i Normanni, gli ultimi arrivati, i più lesti a cogliere il frutto della contesa fra tutti i contendenti, che fecero del Meridione italiano un regno ambizioso e temuto sfruttando abilmente quanto di buono avevano fatto le dominazioni precedenti. Come si può vedere, uno scacchiere che va dai deserti della Siria alla Scandinavia, dai monti del Caucaso alla penisola iberica, dai deserti egiziani all'attuale Ucraina.*

*Ciò che si auspica è che il lettore colto o semplicemente curioso non si adagi intorno a vecchie concezioni storiografiche ritenute sicure, e soprattutto che tenga sempre a mente che la storia locale deve essere sempre inserita nel contesto più ampio in cui si pone. Anche il centro più piccolo può dire la sua all'interno di vicende storiche di ampia durata e vasta estensione e lo storico deve esserne sempre conscio, pena l'irrilevanza.*

*L'autore ha utilizzato un'ampia bibliografia che ha ritenuto non indicare in note a piè di pagina per non appesantire troppo il racconto. Il lettore troverà comunque rimandi ed esaurienti spiegazioni nelle annotazioni che precedono la nota storica.*

*L'idea di una fondazione "mitica" di Tricase è stata da me concepita diversi anni fa in forma assai più concisa per una raccolta di piccole composizioni sul Capo di Leuca che sinora non ha visto la luce.*

*Dedico questo libretto a mia madre e mio padre che hanno avuto la pazienza di leggerlo a più riprese incoraggiandomi ad ampliarlo e a mio fratello Federico, cui si deve la grafica di copertina. Un doveroso ringraziamento va anche all'amico Alessandro Bonesini, innamorato della Terra d'Otranto, che ha rivisto il testo e mi ha fornito molti preziosi suggerimenti e a Silvia Valenti per le tante suggestioni che ha saputo infondermi durante le nostre piacevoli chiacchierate.*

*Giovanni U. Cavallera*

# Indice

Finito di stampare nel mese di Agosto 2018
da Andersen S.p.A.
per conto di Youcanprint *Self-Publishing*